KB267445

이제부터 위험하면 뻐끔거려

시인의일요일시집 **043**

이제부터 위험하면 뻐끔거려

초판 1쇄 펴냄 2026년 2월 23일

지 은 이 이적온
펴 낸 이 김경희
펴 낸 곳 시인의일요일

표지·본문디자인 융다
경영지원 양정열

출판등록 제2021-000085호
주   소 경기도 용인시 기흥구 연원로42번길 2
전   화 031-890-2004
팩   스 031-890-2005
전자우편 sundaypoet@naver.com
블 로 그 https://blog.naver.com/sundaypoet

ISBN 979-11-92732-38-1 (03810)

값 12,000원

이제부터 위험하면 뻐끔거려

이적온 시집

| 시인의 말 |

묻는 말에 대답하려니 혀가 끝없이 길어졌습니다
어찌할 도리가 없어서 혀로 목을 맸습니다

시작하겠습니다

유창하게 흔들리는 몸으로
도시와 눈과 불과 새의 공용어로

차 례

1부 빛과일

2부 눈치 못 채겠지 내 강아지나 좀 이상하게 볼 뿐

* 모든 시세계의 근원은 거창한 상상력도, 감수성도 아닌 '이곳'이다.
1부 '빛과일'은 '이곳'에서 출발한 말이 어떤 과정을 거쳐 시가 되는지
정직하게 겪어보고, '이곳'과 멀고도 가까운 시를 쓰고자 한 기록이다.
원제였던 'Flaesh'는 비치다, 섬광이란 뜻의 'Flash'와 살, 피부, 과육이
란 뜻의 'Flesh'를 임의로 합성한 단어이다.

빛과일

1부

*

脫

— 2023.04.07. 12:26 pm, 봄꽃축제

보았니 또다시 새벽처럼 비가 내려 땅 위로 매달린 나무
에 거꾸로 매달린 도마뱀이 매달린 꼬리를 삼키지 가장 가
는 가지에 매달린 외국인의 혀를 물으며 쏘리 아임 배드 폴
잉글리시 그 말은 다음 생엔 네가 나무로 태어나길 바란다
는 뜻이었다 나무가 가지를 흔들면 매달린 사람은 둥근 머
리끝부터 갈라지고 하얗게 마른 탈을 밀어내고 무수한 꽃을
터뜨리고 서서히 탈락하는 탈피 탈각 탈색 탈회 쥐어뜯어도
따갑지 않으니 탈, 도망쳐 정말 기쁜 일이야

줄곧 비가 내릴 거다 사람들은 물웅덩이에 고인 꽃잎을
내려다보지 않을 테지만 신기한 냄새가 난다며 거꾸로 익사
한 너의 손등에 홀린 듯 입 맞추겠지 この花の名前は何で
すか?* 축제 중입니다 공원으로 가는 길은 저쪽입니다 그
말은 스미마셍 와타시와 니혼고가 헤타데스**라는 뜻이었
는데 그 사람은 너를 축제라 부르기 시작한다 그럼 거꾸로
순장된 도마뱀이 발목에 혀를 매달고 아까와 비슷하게 말하
는 거다 쏘리 아임 배드 폴 잉글리시 그 말은 탈, 이것은 뒤
집어쓴

* 이 꽃의 이름은 무엇입니까?

** 죄송합니다. 제가 일본어를 잘 못합니다.

음—

언니, 나 오랜만에 왔어. 언니 이름으로 된 락커 내가 써도 되지? 금요일이 탈의실 비워놓는 날이라 정리 도와주려고. 안에 물안경이 전부길래 챙겨서 들어갔어. 우리 똑같이 이백삼십 신어서 다행이야.

수조에 넣어달라는 언니의 마지막 부탁, 다른 사람들은 이상하게 생각하더라. 맘대로 화장한다는 걸 내가 언니 말 들어야 한다고 우겼어. 나 왜 언니가 풀 한구석에 잠겨만 있었는지 알거든.

— 명아야, 그거 알아? 우리 집은 땅굴이야. 추적추적 비가 내려서 바싹 마른 잎을 주워 와도 썩는 땅굴. 그래서 싫어. 룸메가 바다 여행 간답시고 사라진 뒤론 더. 혼자 축축한 흙더미 속으로 기어들어 가서 매장당한 기분으로 잠들어야 하잖아. 차라리 홍수가 났으면 좋겠어. 아주 수장되어 버리게. 너희 집은 어때?

— 우리 집? 음…. 우리 집은 모래성 같아. 대충 쌓은 모래 언덕 말고. 현관 한 발짝 앞까지 파도가 밀려왔다가 매번 그쯤에서 돌아가. 그런데 다들 양말 신고 다닌다? 발 젖을 걱

정 하는 사람은 나뿐인가 봐.

　― 이상하네. 나라면 맨발로 기다리고 있을 거야.

　― 기다려? 뭘?

　― 손님을.

자취방 문을 뜯고 들어갔을 땐 꿈을 꾸는 줄 알았어. 샴푸 통이랑 둥둥 떠다녔다는 점만 빼면 잘 꾸며놓은 어항 같았어. 안으로 들어가야 언니를 데려올 수 있는데 어항에서 수영하는 법을 아는 사람이 나밖에 없었어. 언니가 나한테만 귀띔해 줬잖아.

어른들이 그러는데, 기다림은 엄청 힘들대. 물 위로 한 번도 나오지 않고 수영장 한 바퀴 도는 거랑 똑같대. 다행이야. 언니는 수영 선수보다 숨을 잘 참으니까 기다리는 시간이 덜 힘들겠지? 언니가 함부로 먼저 출발하는 사람도 아니고.

나는 아직도 집에서 양말 신고 돌아다니는 가족들을 이해 못 하겠어. 민둥한 발끝이 모래사장을 처벅처벅 쑤셔서

비위가 상해. 차라리 언니 말처럼 물이 불었으면 좋겠어. 언니, 홍수를 일으켜 본 기분은 어때? 정말 땅굴에 묻히는 것보다 나아? 매일 수영장으로 도망친 것보다도? 언젠간 나도 도망치게 될까? 수영장이 쉬기라도 하면 파도를 끌어들여서 다른 사람들의 양말을 적실까? 음—파— 하지 않고 음—하며 걷게 될까? 그럼 나만 맨발이라 기분 좋을까?

언니, 물에서 언니 냄새가 나. 언니가 사라진 수조에서 나던 냄새야. 이제 더 올 사람 없어. 어항에서 헤엄치는 법은 나만 알아서. 여기 곧 넘칠 것 같아. 혹시 맨발로 기다리고 있어?

우리 어른 정상영업 합니다

— 2023.05.11. 1:19 pm, 완구 거리

창 고 정 리
고전 완구 大 방출!

― 뭐 보고 계세요? 찾는 거 있어요?

― 이빨 사탕? 희한하네. 어제도 누가 물어보길래 찾아봤어. 우리 창고엔 없더라고. 이빨이면 악어 아녜요? 그거 인기 많아요. 매일 팔려. 열 마리는 청계천에서 관상어 파는 사람들이 사 갔고, 나머지도 다 나가서 얘만 남았어. 싸게 드릴게요. 안 물어, 만져봐도 돼!

아침부터 이가 쏟아진다. 내 입안에는 빈 곳이 너무 많고 손에는 작은 이들이 가득해 말할 때마다 잘각잘각. 흔들리며 손바닥을 찌른다. 먹어도 되는지 물어볼 사람이 없어 초조하다. 그럴 나이 아닌 거 나도 알아. 하지만,

이 사탕과 이빨 사탕은 달라. 문방구에서 팔던 이빨 사탕은 사실 사람 이가 아니라 동물 이빨이었다고 한다. 그럼 내가 먹은 이빨은 누구 이빨이었을까. 사람과 제일 비슷한 유인원 이빨이었다든가. 인기 많다던 악어 이빨이었다든가.

(이러면 나는 플라스틱 쪼가리를 즐겨 먹는 비범한 어린이였던 셈이다) 아니면 의외로 커다란 잉어의 이빨일 지도. 개중엔 잉어 이빨이 가장 맛있었겠다.

어떤 치과 원장은 이가 삼천 번이나 빠졌대. 대형 광고판 속 원장이 올해의 팬톤 컬러인 라미네이트 화이트—로 빛나는 건치를 자랑한다. '이 빠짐도 겪어본 의사에게!' 참나, 요즘 같은 세상에 머리하려면 뽀글머리 미용사를 찾아가야 한다는 거 모르는 사람이 어디 있다고.

치과는 항상 문전성시다. 동네 미용실은 몇 주째 문이 닫혀 있다. 먼지가 뿌옇게 내려앉은 나이트클럽 전단 위에 똑같은 새 전단이 한 장…. 백 퍼센트 예약제라고요? 알겠습니다, 감사합니다.

듣자 하니 이제는 단종된 이빨 사탕을 처방해 주어서 인기가 많다고 한다.

그러거나 말거나
내 입안에는 빈 곳이 가득하고 손에는 작은 이들이 너무 많고…

　이가 줄줄 샌다. 앞니, 어금니, 그냥 이, 그냥 이, 송곳니, 그냥 이…. 이대로 치과에 가면 교훈적인 체험형 헨젤과 그레텔이 되겠지. 내가 한 달 전에 예약만 했어도 내로라하는 겁쟁이들을 치과로 인도하고 이 동네 학부모들의 ‘진짜’ 이빨 요정이 되어 동전을 쓸어 담았을 텐데…. 그러는 동안에도 이가 줄줄 샌다. 신발 옆으로 툭툭 떨어진다. 그냥 이, 그냥 이, 송곳니, 그냥 이, 속니, 앞니, 그냥 이…. 빤히 보는 꼬마의 입안은 새끼손톱만큼 비었고 작은 주먹에는 덜 자란 손금이 가득하고…. 꼬마에게 손을 내민다. 잘각잘각, 너도 하나 가져. 이 사탕을 닮은 이빨 사탕을 닮은 이빨이야. 앞으로 많이 필요할 거야.

Fla(e)sh

─ 2023.06.02. 11:49 am, 미술관 「요시다 유니 : Alchemy」

본 전시에 날것의 표정만이 입장한다고 가정했을 때
전시실에서는 몇 퍼센트의 확률로 가공이 이루어지는가?

이종 간의 콜라주는 전시될 수 없습니까?
이종 간의 콜라주는 전시될 수 없습니다

직접 찢어 붙인
아빠 성
아빠 코
엄마 입

출처 모를 눈
궁금해하지 않기

벽면에 스포일러 당한 대표작
무색무취의 빛을 등지고

다시 걷기

다시 걷기

다　걸
　시　기

꺾어

　　　　　멈추는 동선
　왼쪽으로 15도
90도

　　　2분 40초
아까 본 게 더 좋다 난
　오른쪽으로 30도

　　　　　1분 26초
　　애 다 왔어 올라가자
　　28초

　16초
11초

y축으로 수명 연장

설계된 빛이 나를
상하지 않을 만큼만 주무른다

이대로 썩지 않는 작품이 될까

이종 간의 콜라주는 전시될 수 없습니다

눈
언젠가 새의 어깨에 찢어서
붙인다면

묻으러 가

여기서 죽었어
1분 26초쯤은 더 살았어
3분 49초 부족했어

날갯짓하는 속눈썹

새의 얼굴

기념품 가게에서 너의 초상화를 샀다

편집점

— 2022.12.27. 9:37 am, 부산역

— 대체 왜 헤어진 거야?

— 집에 가도 된다고 해서.

— 안 가도 됐잖아.

— 가도 되기도 했지.

— 고작 그런 이유로 헤어질 거 뭐 하러 기차역에서 늦게 까지 죽치고 있었냐?

— 노래가 6시간짜리였다니까.

— 난 진짜 이해가 안 된다…. 근데 너 통화 중이야?

— 응. 여기 기차 안에 있는 사람들이랑. 나랑도.

— 어쩐지 시끄럽더라. 어디쯤이야? 밖에 뭐 안 보여?

— 어… 왜가리.

— 그걸 내가 알아서 뭐 해. 딴 건.

— 글쎄, 왜가리랑 두루미 평생 헷갈리기? 딴 건… 밀색. 누가 잃어버렸나 봐.

— 좆됐네. 그거 없으면… 아니, 자꾸 딴소리하지 말고. 딱 들었을 때 어디인지 알만 한 거 없어?

— 옆에 보인다.

— 뭔데, 말을 해.

— 그냥 뛸까? 어차피 금방 젖어. 좀 춥겠다. 덜 익은 거 괜 찮지? 반숙으로 할까?

— 뭔 소리야. 너 지금 누구랑 얘기하는데.

― 가를 거면 지금 갈라. 물러터지고 찍어야 제일 극적으
로 뽑혀. 아이, 사람 없는 게 무슨 상관이야.
　― 야, 좀 알아듣게 얘기해.
　― 아 맞다, 전화. 나 도착했어. 바로 가려고. 나중에 다시
얘기해. 끊어.
　―

　― 라고 재채기해 봤어. 바퀴는 다 있는 것 같아?

Fle(a)sh

— 2023.06.27. 2:46 pm, 휴게소

새벽 휴게소에는
길을 잘못 든 사람이 무성하다

돌아, 가는, 길은, 없고
도는, 길만, 있다
자꾸 한쪽으로 쏠리는 몸이 증거라고 한다

걱정 마 우린 오늘 가족이 될 거니까
서로 닮아가는 모습을 보면
틀림없이 좋아하게 될 거야

카페테리아 안 빼곡한 어깨가
고개를 기댄 만큼 닿는다

어디 가야 해?
오른쪽 사람이 내게 묻는다
왼쪽 사람이 아니, 하고 대답한다

반 남은 오렌지가 돈다
오른쪽으로 기울어 돈다
우리가 마신
나머지 반쪽이 갈리던 속도로

누군가가 헤드라이트를 바꾸자고 한다
우린 가족이잖아 지금도

너도나도 오렌지 하나를 잘라
자동차 눈에 끼워 넣는다

정차된 빛은 시큼하고 떫고
과수 없이 향긋하고 생그럽고 자라날 것 같고
나보다 먼저 도착한 안부 연락이 될 것 같고

오렌지 다섯 박스가 사라졌다
이곳의 자동차는 모두 오렌지 한 알만큼 밝다

믹서기 앞 반쪽은 아직 과일이다
우리가 가족이 된 증거라고 한다

어떤 오렌지는 계속 돈다
기운 채

*

돌아가는 대신
돌아오는 길에
눈을 마주친다

걱정 마 너는 오늘 우리 가족이 될 거니까

이름은 비워둘 수 없습니다

— 2023.05.28. 4:57 pm, 만화카페

A씨에겐 저질러놓고 후회하는 버릇이 있다.

그러므로 A씨의 만화는 평생 끝나지 않을 것이다.

담당자의 담당 작품도 평생 바뀌지 않을 것이다.

*

27년 차 베테랑 만화가 A씨는 칸(컷이라고도 한다)칸이 막막하다.

A씨는 사무실 지하에서 작은 만화방을 운영한다. 모서리마다 라면 냄새가 밴 구닥다리 만화방이 왜 핫플레이스로 떠올랐는지 알 도리가 없다. 단발머리 학생이 명부에 출입 시간과 이름을 남기고 들어가는 동안 A씨는 3번 손님인 40대 실직자가 주문한 짜장라면을 끓인다. 원래 레시피엔 없는 고춧가루 반 술을 실수인 척 쏟는다. 3번은 오늘도 만화를 보다 말고 울 것이다. 매운 짜장라면은 적절한 개연성이 되어줄 것이다. 컴컴한 칸에 무협 만화를 잔뜩 쌓아놓은 사람이 나와 쟁반을 들고 간다. A씨가 그 사람의 이름을 모르는 건 아니다.

문밖의 좁은 계단은 A씨의 신호를 기다리는 사람들로 빽빽하다. 제때 넘기길 깜빡한 명부엔 순번 없는 이름이 남았다. A씨는 빨리 빈자리를 치우고 새 번호를 주어야 한다. A씨는 명부를 들고 퇴실 시간을 넘긴 손님이 없는지 본다.

칸과 칸 사이, 통로 군데군데 삐져나온 발이 있다. 굳은살 박인 발, 물집 잡힌 발, 발톱이 시꺼멓게 멍든 발, 양말을 짝짝이로 신은 발, 손바닥만 한 뽀얀 발…. 문밖에서 얼굴 없는 머리가 천장에 부딪힌다. 소용돌이치는 정수리. 불쑥 튀어나오는 박자. 페이지에 아우성이 즐비하다.

낮은 곳으로의 찬송. 흐느낌이 들려오면 A씨는 신을 찾고 싶어진다.

A씨는 정리를 미룬다.

이름을 부른다. 번호를 까먹은 건 아니다.

3번: 40대 경우 씨는 번듯한 판교 IT 회사에 다니다가 한 달 전 구조조정 된 실직자다. 한낮에 울다가 늦잠 잔 얼굴로

찾아와 매번 짜장라면을 시킨다. 치즈와 계란프라이를 올려
주면 싫어한다.

　1번: 20대 영원 씨는 매일 아침 가장 먼저 만화방을 찾는
다. 여기 있는 만화를 전부 읽고도 처음부터 읽고 또 읽는
다. 영원히 읽는다. 양말이 해지도록 읽는다.

　14번: 10대 희 씨는 갓 돌이 지난 아기를 만화방에 데려온
다. 아기는 정오만 되면 배가 고파 운다. 희 씨는 요리 만화
를 보면서 입맛을 다신다.

　36번: 40대 진모 씨는 동네 일식집 사장이자 인터넷에서
막말로 유명한 만화 평론가다. 오늘도 마음에 드는 작품을
찾지 못했다고 하소연한다.

　18번: 현지는 궁금한 게 많은 어린애다. 유치원을 못 가는
날에만 호흡기를 달고 만화방에 온다. 종일 파브르 곤충기
를 읽더니 지금은 초록색 잠자리채가 되고 싶다고 한다.

　검고 두꺼운 담을 넘는다
　그림자를 빨아들인 손날이 거뭇해지고
　백지의 빛이 면면에 번진다

A씨는 기다리던 사람들에게 오른쪽 옆구리에 이름을 쓰
게 한다
오른쪽 옆구리가 왼쪽 옆구리만큼이나 지저분해지면 바
로 후회한다
하지만 31년 차 초보 만화방 주인 A씨는 칸(컷이라고도
한다)칸이 충만하다

칸칸이 흔들린다

맑은 날 빗소리를 내는 창백한 잎사귀처럼
녹색에 꺾인 여름처럼 A씨가 울고
있었다

*

늦은 밤, A씨는 담당자에게 문자를 보낸다
'준서 씨'라고 시작한다

Berry

— 2023.06.02. 11:49 am, 미술관 「요시다 유니 : Alchemy」

타국의 전시회에서 너의 영정사진을 만난다
너는 다 자라기도 전에 집을 떠나 나보다 네 사수를 닮
았다

어떻게 감상해야 좋은 부모가 되지

허파를 겨누어
신중히 꿰뚫린 갈비뼈가
조명 아래에서 한 번 더 숭고해지고

터지는 순간 박제되어
시대의 미학으로

나는 최선을 다해 기침한다
사람들의 머리 위로
석고 가루가 쌓인다

맹렬히 기도합시다

예언의 어떤 바탕보다 어두운
수 쌍의 눈이 닫힌다
잔광을 예언이라 믿는 채다

옹송그린 입술을 몰래 읽고
목구멍에서 키스를 건넨다

내가 기적을 훔치게 해줄래

괜찮아
걱정하지 마
뱃멀미 때문에 뭘 봐도 입맛이 없었어

부탁한 동전 못 챙겨와서 미안해
부조금은 입장료로 다 써버렸어
잘한 일인지는 모르겠어

구부러진 거울과 단 하나의 창
나가는 방향은 유일한데

돌아갈 삯이 모자라 물살을 헤치고 건넌다
젖은 나룻배가 신작으로 오른다

삼중 추돌

— 2023.10.22. 4:24 pm, 서울 잠수교

회칠한 사람들이 다리가 되는 법을 알아 비를 연기하는
무용수는 기쁘다

이해할 수 없는 것을 현대예술이라 부르는 게 유행이다
기수역에서 정신을 잃었다가 다리에 두 번 부딪혀 눈 뜨는
꿈이다 교각에서 교각으로 쏟아지는 빗방울이 굵다

회칠한 사람들은 적기를 들 줄 알지만 적기가 뜻이 여러
개인 이유를 아는 사람은 없다 적기에 적기인 적기를 아는
사람도 없다 적기가 이상하다는 걸 아는 사람은 있다 적기
가 헤엄치지 않는다고 이럴 순 없다고

이제부터 위험하면 뻐끔거려
저기 위험 떼—가 쏠려 나가는데요
그건 잉어고 멍청아

빗방울은 빛 말고 다른 신호를 모른다고 한다 그래서 적
기의 의미를 안다고 한다 적기는 *질주! 질주! 질주!* 다른 기
의 의미도 안다 고장항복주의통과아니고전부 *질주!* 말은 역
할이 단순하고 어려워서 기쁘다

그러니까 교통 통제는 사실 멍청이 통제라는 거지

처음부터 폭론이다 현대예술이 아니라 주장하는 사람이
현대예술을 모른다고 주장하는 사람이 현대예술이라는 사
람이 사회현상이라는 사람이 현대예술 같다고 생각하는 사
람이 이해 안 되는 사람

뻐끔뻐끔

이층 다리에 선 소년은 말하고 물속이 아니고 현대예술과
사회현상으로 통제되지 않은 멍청이

가 막 다리 된 사람들을 밟고 있다

소년은 가리키고 머리를 내밀고 뻐끔뻐끔

있죠, 가까이 가서 팔 벌리는 건 무슨 뜻인지 알아요?

팬이에요.

한번 안아보고 싶었어요.

선물

— 2023.12.18. 12:44 pm, 인천국제공항

사랑합니다 승객 여러분
우리 비행기는 신치토세 공항을 떠나
삿포로 상공에서 눈을 맞고 있습니다
돌아가실 분들께서는 승무원의 안내에 따라
천천히 낙하하시길 바랍니다

*

차가운 수프를 끓일 거예요
철로가 녹을 때까지는요

~~아마 식은~~

원래 식어 있어서 식지 않은 수프 한 그릇과
식지 않는 영혼 한 국자로는
철로를 녹이지 못해
우리는 북해도에 갇힐 거야,
영원히,
영원히,

영원히,

응,
돌아갈게.
네 시 전엔 갈게.
여긴 해가 빨리 지잖아.

응,
여긴 아직 그렇지.
아직 증기 시계가 노래하고,
이맘때의 여긴, 또,

예기치 않게
비가 되지 못한 싸락눈처럼

이방인의 귀향이 잦다
낯선 언어로 운다

까마귀 떼보다 검다

あの, 何かお困りですか?*

물어봐 주어야만 시작되는 귓갓길 위에서

앞으로 여섯 번
상냥한 오해를 만난다

그 뒤로 아홉 번
돌아갈 분실물이 되어
가까운 역에 맡겨진다

이대로 기차를 기다리다간 정말 기차가 와버릴 거야
너희도 그렇게 생각하지

수프 하나 데울 줄 모르는 난로
몽유병, 고양이 역장

안내 잠꼬대 드립니다
웨웅(쉬고)웨옹

번지는 오선 위 차단기가
메트로놈의 시계추 노릇을 유기하고 있다

언젠가
부동항이 무너지면
철로가 녹는다고 한다

파도 들이치는 소리가 역장의 흥얼거림을 닮아서
그럴 수밖에 없다고 한다

지연이
계속될 거라고 한다

* 저기, 도와드릴 게 있나요?

2부

눈치 못 채겠지 내 강아지나
좀 이상하게 볼 뿐

환영사

잘못 쓰는 것 같다

잘못 쓰는 것 같아서 잘못 쓰는 것 같다고 쓴다 이마저도 잘못 쓰는 것 같다

'잘못 쓰는 것 같다'를 '잘못 썼다'라고 고쳐 본다 잘못 썼다는 확신조차 없는데 잘못 썼다고 한다 잘못 고친 것 같다

턱없이 적은 물건 사이에서 너무 많은 일이 일어난다

잘못 쓰는 것 같다고 말하는 대신 씨를 뱉어버렸다고 말해 본다 생각해 보니 씨는 없다 잘못 익은 것 같다 과육이 달지도 않다 잘못 기른 것 같다

그건 언젠가부터 자랐다

씨앗이 있기도 전에 자라기 시작했다

잘못된 것 같았지만 그냥 키웠다 전날 이름 모를 과실을 베어먹는 꿈을 꾸어서

아무도 길몽이라고 해석해 주지 않아 내가 아는 흉몽이 늘었다

배가 살살 아프다

한 계절 지나면 속이 뒤틀리고 우짖다가 헛구역질하며 깰
것 같다 그래도 꿈속일 것 같다

잘못했습니다
제발 불태워 주세요

잎이 다 떨어진 과수밭에 아무도 불을 지르지 않는다 화
전을 쳐야 비옥한 땅이 되고 실한 열매가 맺힌대도 지금은
뿌리가 너무 아프게 박혀있대도
　그것은 잘못된 육아법이라고 한다
　척박한 땅 위에 뱃속에서 먼저 자라기 시작한 것과 터지
지 못한 내가 있다
　속을 게울 것 같다

무슨 생각을 할까
　필사적으로 기어 나와 서로를 꿰뚫는 뿌리와 하나도 삼키
지 못하는 아귀를 보면서

나는 발목에 불을 댕긴다 불붙은 뼛조각이 뿌리로 옮으면
서 엉킨다 탁탁 뿌리가 발목이 되어간다 과수가 한껏 웃으
며 잘못 여문 과일을 토한다 무른 살점이 철퍽철퍽 퍼지른
다 입안에 이름을 알 것 같은 향취가 흥건하다
　농익은 무화과, 금귤, 8월의 수박, 짓이겨진 포도
　재, 에탄올, 삭은 아가미, 개 발바닥
　말마다 그런 냄새를 풍기는
　미래의 시

　입을 벌린다

　여기
　차고 메마른 땅과
　만지에 엎질러져 뜻대로 되지 않는 예감
　어금니에 박힌 혼돈을

　당신에게 보여주고 싶었던 것 같다

전부 잘못되었네요
내가 한껏 웃는다

당신의 입장이 나의 입장

Q1.

어디로 갈 거야? 어디론가 갈 거야 20세기 명화를 액자째
열어젖힐 거야 비밀통로 안으로 들어갈 거야 거꾸로 뒤집힌
삼각형이 되어서 점선면으로 조각난 물병을 의자를 소년을
목격하러 갈 거야 따라올 거야? 따라갈 거야 네가 안으로
들어가면 여기도 조각나기 시작할 테니까 나도 모르는 사이
들어가 있을 테니까 머리를 들이밀 테니까 나는 납작해진
가슴 아래 삐딱한 사다리꼴이 될 것 같아 왜 하필 사다리꼴
인지 잊을 것 같아 가기 싫다고 하면 안 갈 거야? 싫다고 할
거야? 아니 어디로든 갈 거야 네가 들어간다면

Q2.

소감은 어때 색각을 완치한 소감 빨갛다고 하면 빨갛고
검다고 하면 검어지지 검은 심장 검은 핏줄 검은 입술은 가
짜 같으니까 검은 신호에 길을 건너는 빨간 사람들이 될까
　저 신호등 지금 무슨 불이야? 검은 불이야 차가 멈추지 않
는 검은 불이야 건너도 괜찮은 거야? 건너도 괜찮은 거야 신
호등은 검은 불이고 우리는 빨간 사람들이니까 네가 그렇게

생각하니까 손 높게 들어 지나갈게요

Q3.

우리 이구동성 게임 하자 문자 전화 하나 둘 셋 산 바다 하나 둘 셋 소설 영화 하나 둘 셋 늦봄 초여름 하나 둘 셋 닭 알 하나 둘 셋 뼈 살 하나 둘 셋 손 발 하나 둘 셋 사진 사람 하나 둘 셋 사건 사고 하나 둘 셋 꿈 잠 하나 둘 셋 몽상 망상 하나 둘 셋

셋 둘 하나 밀다 당기다 셋 둘 하나 열다 트이다 셋 둘 하나 건너다 넘다 셋 둘 하나 주다 건네다 셋 둘 하나 내리다 세우다 셋 둘 하나 뛰다 걷다 셋 둘 하나 보다 지나치다 셋 둘 하나 가다 멈추다 셋 둘 하나

Q4.

너 어디 있어? 나 _______에 있어.

Q5.

잘 찾아왔네

원래 목적지는 아니지만

여기까지 읽었다면 각 번호에 빨간 색연필로 동그라미를
치세요. 정답입니다.

양

폐업한 가게에 장난 전화를 건다

허기처럼 불거지는 목소리는
거울을 뒤집어 놓고 믿어버리면 그만

환승역을 점거한 파이 광신도와 오늘의 메뉴

딜마
왜 울기 시작했지?

플랫폼 끝 작은 빵집에서
오늘의 메뉴로 위장한 피자 한 조각을 샀지

고소한 기름 냄새를 들킬까 봐
종이봉투를 꼼꼼히 입단속했지

우리가 탄 지하철은
근사한 디스플레이에서 멀어지고 있었지
레몬 커드와 말차 스프레드로 범벅이었지

딜마
강 위에서
아이가 울기 시작했어

아이를 안은 소년이 움직이지 않자

천사가 순식간에 조립되었지
수십 개의 눈알이 모여들어
날개는 수백 쌍이나 하고 싶어 했지

날은 화창했고
버터 내음이 진동했고
지친 소년은
차창에 눌어붙었지

*"저 많은 걸 바라지 않습니다
창밖의 잼을 원 없이 핥을 수 있다면
타르트지도 파이지도 필요 없습니다!"*

들쩍지근한 냄새가 산책하던 이를 멈춰 세웠고

소년은 믿었으므로
신은 열어주었네

소년이 나서자
천사는 신으로부터
날개를 감추었네
매일 똑같은 재료로 이루어진 미사처럼

무임승차한 바람이 봉투를 족족 들춘다
　누군가는 얼결에 새 옷을 자랑하고 누군가는 몰래 집어
먹던 과자를 들킨다
　나는 가방에서 탈출하려던 피자를 재빨리 입에 쑤셔 넣
는다

　입술이 반짝인다
　소년의 어지럼증과
　다리에 부딪혀
　뿔뿔이 흩어지는 강비늘과

ESG(Eco-friendly, Socialized Geeks)

내 옆에는 큰 가위와 작은 가위가 기다리고 있다
큰 가위에게는 아이스크림 팩을 자를 사명이 있고
작은 가위에게는 하이라이트 스티커를 자를 사명이 있다
그러나 그것이 내 사명은 아니고

나는 순서를 쉽게 빼앗기는 사람
마음에 드는 문장에 밑줄 칠 사명이 있다
그러나 다음 문장이 짧길 바라는 것은 지극히 친환경적인
이유 때문이다

잡히는 대로 날을 벌렸다
큰 가위로 책을 공포에 질리게 하거나
작은 가위의 입에 아이스크림 팩을 욱여넣었다

가끔은 가위의 사명을 존중하여 바꿔 쥐었지만
구분해서 사용할 이유가 없다는 것이
나의 일관된 주장이었다

낡은 상품권 봉투와 새 상품권 봉투 바꿔치기
숟가락으로 면 퍼먹기
강아지용 빗으로 머리 빗기
비슷하게 생긴 남의 우산 가져가기

그래봤자 돈이 들어가겠지
면발 몇 가닥 놓치는 대신 국물이 넉넉하겠지
눈치 못 채겠지 내 강아지나 좀 이상하게 볼 뿐
돌려주러 가면서 비는 안 맞겠지

우린 동류고
동류끼린 아무래도 상관없어
내일부터 개처럼 짖고 울어도
네발로 달려 출근해야 하는 거랑 똑같아

밑줄 친 문장에 인위적인 망고 향이
살짝 녹은 아이스크림에 악센트가 있다

'그대로 주스로 드시거나, 얼려서 아이스바로 드시면 더
욱 맛있습니다!'

망고 아이스 맛 문장을 싫어하는 사람이 있을 리가

자투리 스티커로 깁는다
끄트머리의 사명 때문은 아니고
마음에 드는 문장을 오래 얼려 먹고 싶은
친환경적인 이유에서

흔

어떤 문장은 말도 못 하게 아름다워서 내가 아는 모든 의
미가 대체되었다

그 문장은 나였고 피부를 대신한 그늘이었고
내 영혼이 세기에 걸쳐 되뇐 단 한 줄의 음계였는데
책을 덮으면 온데간데없었다
들려오는 언어를 무참히 깨달았다

입술과 손끝이
같은 곡률을 가진 새로운 주변 기기가 되기까지

햇빛에 실핏줄을 꿰뚫려 사라지거나
홀로 계속되어 13월의 존재를 토론에 부쳤다
모르는 외국인의 안부 인사로 돌림노래를 만든 다음 악플
을 도배했다
샤워기를 틀고 무성 음악을 복기했다

바깥은 암구호를 전하고 싶어 한다

내가 알아들을 거라고 믿는 듯

처음은 몸을 흔드는 진동으로 시작한다
부재중이기 위하여

책을 펼치면 모든 언어가 대체되었다
그러나 영원히 허락되는 책은 없고 반납이 요구되었고
세계는 왜 무너지다 말고 기둥 공사를 허용했을까

모래가 비처럼 내린다
시간이 흐르는 대로 둥글게 낡고 있다

지어짐과 남겨짐 사이에서 이름도 없이
사라진 획의 무게와 나를 저울질하며

그 책은 오래전에 반납되었다

최초의 연음이 발생했다고 알려진 현장에는

물의 투신 정황이 있었다

잔문통*

사상 최악의
방송사고

~~크냥 크런 꿈을 꾼 적 있고~~
~~크냥 크런 시를 쓴 적 있다~~ *지나치기엔 지나친*

모르는 사람과 나란히 걷다가
서로를 교차하며 멀어질 때의 슬픔

나이 미학은 버림이었고 떨어져 나간 부산물을 탐미했다
내 인생의 가장 큰 업적은 발뒤꿈치에 박힌 굳은살을
손가락 한 마디만큼 잘라낸 일
다시 굳을 때까지 걷고 또 잘라낸 일

스페이스 바로 기록되는 숨

큰 죽음일수록 화환이 많이 팔린다
화환을 만드는 사람은
어떤 기분인가

문단 모양을 정장 기준으로 가지런하게 맞춥니다

우리는 이상한 장면을 늘어놓고 생뚱맞은
결론을 도출하는

　＊ 여기 있는 것들은 미래의 저를 포함하여 누구든지 자유롭게 사용할 수 있습니다. 누가 어떻게 이런 걸 생각했냐고 물으면 애매한 웃음으로 답하세요.

　＊ 지금까지 잔문통에서 재활용된 밑줄로는 '내 입안에는 빈 곳이 너무 많고, 손에는 작고 하얀 이들이 가득하다', '바다 사진 찍는 사람을 지나왔다', '내가 당신의 다음 말이 짧길 바라는 것은 지극히 친환경적인 이유 때문이다', '마르지 않는 입술에 대해 사과하고 싶을 때가 있다', '빛의 대화' 등이 있습니다. 이중 몇몇은 시째로 폐기되었습니다.

　＊ 잔문통에 들어감이 반드시 마음에 듦을 의미하진 않습니다.

슬픔의 유전적 클리셰

갈라테이아, 이 적막한 방에는 너와 내가 있고 너와 나밖에 없다. 이곳은 할아버지의 할아버지를 한나절 더 거슬러 올라가야 하는 오래된 집, 너는 유일한 창문에서 몸을 돌리지 않고 나는 너의 등에서 눈을 떼지 않는다.

내가 말보다 칼을 먼저 발음하자 할아버지는 내게 조각칼을 쥐여 주었다. 날이 사포만큼 무디고 손잡이가 손가락에 맞게 파인 칼이었다. 할아버지와 나는 손을 겹쳐 잡고 창틈으로 번지는 빛을 깎았다. 상아에 손톱자국이 남지 않게끔 엄지에 힘을 빼고 사막의 모래를 어루만지듯 부드러이 밀어내는 법을 배웠다. 빛이 잘려 나간 자리에 어떤 기억이 조각되었다. 그게 젊은 너였음은 나중에 알았다.

나는 할아버지에게 이끌려 백여 년간 잠겨 있던 다락방으로 짐을 옮겼다. 케케묵은 먼지와 미완성된 너, 열 개가 넘는 이름이 줄지어 새겨진 받침대가 있었다. 할아버지의 할아버지를 예닐곱 번 반복해야 나오는 이름부터 할아버지의 할아버지까지, 조각칼을 잡고 이곳을 다녀간 운명들의 이름. 나는 이곳에서 뭉툭한 칼날로 너의 상아색 등줄기를 갈

았다. 받침대 끄트머리에 서툴게 판 내 이름이 있다.

매일 해가 지면
윤곽을 붙드는 빛을 따라
계시처럼 드리운 그늘, 침식된 힘줄.
척추의 굴곡엔 한때 강물이 흘러
이름을 지우려 했을지도 모른다.

갈라테이아, 너는 네 잘린 허리 아래 깔린 수십 장의 편지를 읽어본 적 없지. 어떤 건 양피지에, 어떤 건 크라프트지에. 같은 성을 가진 사람들이 너에게 보내온 편지들. 세기와 세대를 뛰어넘어도 발신지가 사바나에서 벗어나지 않는 편지들. 이 방에서 상아를 깎던 사람들은 예외 없이 사바나로 떠났다. 떠난다.

편지의 첫 줄은 항상 이런 식이다.
당신을 위해 세상에서 가장 깨끗하게 빛나는 상아를 찾으러 갔어요.

편지의 중간은 항상 이런 식이다.

당신은 상상도 못 하겠죠. 여기선 석양이 피할 수 없이 쏟아져 내려요. 바오바브나무 밑으로 숨어도 손으로 얼굴을 가려도 나를 포기하지 않아요. 어제는 마른 수풀을 짓밟지 않고 헤치며 걷는 코끼리를 봤어요. 코끼리의 울음은 상아가 울리는 소리와 다르더군요. 이젠 차가운 상아색보다 따뜻한 회색이 마음에 들어요. 나를 돌아보고 있어요 좋아요

편지의 마지막은 항상 이런 식이다.
그러다 눈이 마주친 순간 사랑에 빠졌어요.

그들은 모두 이런 식이다. 진부한 편지를 남기고 돌아오지 않는다. 뒷이야긴 잘린 뻔한 내용만 남는다.

갈라테이아, 나는 나의 할아버지들처럼 늙어갈 것이다. 머지않아 엄지에 힘을 주고 마는 실수를 본능적으로 범할 것이다. 속죄랍시고 사바나 행 표를 끊을 것이다. 지평선 따

라 마른 빛깔로 숨 쉬는 초원을 거닐다 코끼리의 인사를 깨
우칠 즈음
  흰빛도 굴곡도 기억 속에서 편평해지고

  갈라테이아,
  너를 어떻게 조각했는지 물으며

  비참해질 것이다.
  그것이 쓰이지 않은 편지에 적힌 공통된 후일담이다.

  너는 대대로 깨닫는 슬픈 이야기를 들려주어도 가만하다.
열리길 바란 적 없는 창문을 따라 침묵한다. 실수로 찢기는
편지 봉투는 없다고 믿는 나만 몸을 들썩인다. 발끝으로 갈
라진 나무 바닥을 더듬는다. 사지로 기어 걸어간다.
  잊힐 어깨를 끌어안자
  어디선가 코끼리 울음소리가 들린다
  분명히 그렇게 될 거야. 무너진다.

EX

  믿기 어려우시겠지만, 인간은 기계를 과신하는 경향이 있습니다. 인간이라면 누구나 한 번쯤 식기세척기에 들어가는 상상을 합니다. 좁은 네모 안에 들어앉아 자꾸 미끄러지는 혀를 뜨거운 물에 삶고, 번들거리는 눈과 손을 말끔히 세탁하길 원하죠. 스팀으로 좋은 향기를 입히면 더할 나위 없이 좋겠습니다. 냉장고에 들어가는 상상도 해보셨을 겁니다. 내가 상해간다고 느껴질 때 머리에 곰팡이만큼은 슬지 않도록 냉장실에 박힌다거나, 눈 뜨면 자신 같은 사람이 유행하는 시대이길 바라며 급속 냉동되는 상상을요. 이 편리하고 황홀한 이야기는 번번이 좌절되었습니다. 식기세척기와 냉장고를 비롯한 여러 자동 유지 관리 기술은 잘 아시다시피 비―인간 전용이기 때문입니다. 우리는 그 마음을 이해합니다. 여러분의 때 이른 소망을 안타깝게 생각합니다.

  그렇다고 낙담하진 마십시오. 곧 레토르트―휴먼 가공 프로세스가 출시됩니다. 본 서비스는 미니멀라이브 프로젝트의 일환으로, 손수 제거하기 귀찮았던 사회적 비선호 요소를 간편히 세탁하고 언제 어디서나 통용되는 인간으로 재편해 드리는 서비스입니다. 신청자는 축생으로 지내는 동안 멸균 처리된 후 인간으로 재가공됩니다. 재가공된 몸은 특별 제작된 인간 맞춤 패키징에 진공 포장되어 사전에 지정한 복귀 장소로 안전히 배송됩니다. 개성을 챙기고 싶다면 셀프 디자인 패키징 옵션을 선택할 수 있습니다.

이제 여러분은 이렇게 질문하고 싶을 겁니다. 그래서 얼마를 지불해야 하죠? 핵심을 찌르셨군요! 지금 답해 드리겠습니다. 어떤 이들은 존엄한 죽음을 돈 받고 팔고, 놀라운 경험으로 가득한 파티에 초대장을 요구하지만, 우리는 더 나은 세상에 기여하고자 본 서비스를 무료 제공하기로 했습니다. 우린 당신이 누구인지, 얼마나 살았는지, 어떤 과거를 가졌고 왜 레토르트—휴먼으로 거듭나길 원하는지 묻지 않습니다. 우리가 원하는 건 작은, 아주 작은 부산물; 멸균 처리 과정에서 배출되는 노폐물과 변질된 마음뿐입니다.*

인간이여, 더이상 기계에 의존하지 마십시오. 레토르트—휴먼 가공 프로세스를 통해 자동화의 오랜 꿈을 실현하십시오. 오직 인간을 위해 설계된 우리가 완전한 만족과 해방을 약속하겠습니다.**

　* 우리는 자신이 변할 리 없다는 일부 얼리버드 참가자로부터 마음 보존을 요청받아 처음과 같이 유지된 마음은 배출하지 않는 정교한 필터링 시스템을 마련하였으나, 결과적으로 보존 성공률 0%를 기록하였습니다. 프로세스 도중 변심에 의한 보존 실패의 귀책은 신청자 본인에게 있사오니 이 점 유의하시기를 바랍니다.

　** 본 서비스는 육도六道에 포진한 선행 참가자의 데이터를 바탕으로 방대한 연산과 시뮬레이션을 거쳐 검증되었습니다. 따라서 방금 이야기는 믿으셔도 됩니다.

꿰맴: 시침질
— 베를린의 노래

매듭. · 커텐이된스커트다 · 스커트는살랑일줄모른
다 · 커텐이된스커트는안다 · 그림자는커텐이었는지모
른다 · 커텐이었어도상관없다 · 마음에든다지나간다 ·
바람이분다고양이가 · 치마폭에숨는다 · 아지트가된상
자다 · 서양배와고양이는다르다 · 상자는비에지지않는
다 · 전방폐지쌓인리어카다 · 매주아지트를지나친다 ·
아지트는돈이된다 · 상자는철거되지않는다 · 인부가담
뱃갑을버린다 · 담뱃갑이리어카위에쌓인다 · 담뱃갑도
돈이되는진모른다 · 장벽이었던것은돈이된다 · 무거운
주머니는방해만된다 · 시멘트를바르는표정과 · 망치를
휘두르는표정은 · 같다인부는집에가고싶다— /

옛노래가 될
옛노래가 있었다

백지를 꿰뚫는 가느다란
빛과 흔적
최초의 구절

엮어봐도 알 수 없는 모양이다

낯선 관측자의 방문과
누군가에겐 사랑받을 거라는 예감만 남아
다시

매듭.

눈사람 소조

바람 불면 숲에는 눈이 내렸다

나무가 눈의 무게를 견디어 섰고
작별하지 못한 자들이 숲으로 갔다

숲속에서 나는 늙은 개의 한숨
따뜻한 입김을 가진 그림자의 무른 살갗

피부를 뚫고 터져 나오는 금을 벌리며
눈발에 삭기만 기다리는데

기지개 켜듯
환해지고 마는 상처라니

빛 그물을 짜는 맨발이라니
눈부신 고통이라니

그물눈으로 내가 밀려 나온다

온몸으로 들리는 바깥의 북소리
행렬에서 벗어나 숲을 찾는 행렬의 줄기

가늘게 뻗은 상처를 타고
느린 행진곡이 들려오면

입술이었던 것이
바람에 떠는 거미줄처럼 공명한다

노래해야지
노래는 해야지

쓸데없이 따라 걷고 싶어진 탓이다

그물로 눈을 거두어 단단히 뭉친다
새 허물이다

꿰맴: 홈질
— 실용서 pp.1:01-2:34

당산~합정홍대입구신촌이대아현충정로을지로입구을
지로3가을지로4가동대문역사문화공원신당상왕십리왕십리
한양대뚝섬성수건대입구구의강변~잠실나루잠실잠실새내
종합운동장삼성선릉역삼강남교대서초방배사당낙성대봉천
신림신대방구로디지털단지대림신도림문래영등포구청당산

매듭. 매듭.

풍경風磬

누군가를 떠올리는 것은
마음 가장자리에 둘 그릇의 개수를 알아가는 일

동거하는 유령의 몫과
우울한 나를 위한 몫과
한번은 보고 싶을 것 같은 사람들의 몫과
더운 날 우연한 방문객에게 건넬 몫과
문 앞에서 기다리는 길고양이의 물그릇과
둥지를 틀러 날아온 새의 모이 그릇과

적당한 시간으로
갈무리한다

우리 어느 신호등에서라도 다시 만날 테니
이 나간 그릇엔 야생화를 심고
새 그릇을 사는 게 좋겠다

우리 느리게 멀어지다가 시작할 말을 잊었으니

오래전 예비한 수저를
이젠 덜어내는 게 좋겠다

그것들은 언제나처럼 단정하고
다행스럽게도 무심하고

맑게
달그락거린다

먼지가 반짝인다

핑거 스냅

　한여름 주말에 아파트 단지를 누비는 택배 기사의 박스 탑은 사 층만 되어도 녹아내려 부실 공사 의혹을 받는데 여기 십오 층 건물은 쉽게 주저앉았다가 쉽게 일어선다 견고한 무관심이 재건축되는 동안 나는 죽었다 살아나고 발밑에 촘촘히 깔린 거울 조각 위를 뛰어다니며 타전한다; 오늘은 햇빛이 세서 극적인 연출에 부적합함 전지전능한 당신은 어떠한 반짝이 효과도 얻지 못할 것이고 손가락을 튕기러 와봤자 바쁜 트럭과 일제히 펼쳐지는 양산을 피해 탭댄스를 춰야 할 것임

꿰맴: 박음질

— 반추

매듭.

*

꽃다발을 안은 소년이 달려 나간다. 작은 뒤통수가 일그러진 민낯으로 차오른다. 한발 늦은 행인들이 일제히 소년을 돌아본다. 나는 소년의 기분을 상상하다 예정에 없던 바닥 공사를 시작한다. 건널목을 징검다리로 둔갑시킨다. 아무 일 아닌 거다 한눈팔지 않는 한
그런데 왜 소년은 희고 얇은 셔츠를 입고도 뛰어들었을까

피할 수 없는 난반사
손목에 건 선물 봉투가 텅 비어 가볍다
파란 불이 점멸하고, 냉장고 타이머가 돌아가고, 흰 페인트에 발이 걸려 넘어지고, 뒤돌아

아무것도 두고 오지 않았다는 확신을 두고 왔다.

스위치 하나로 켜지는 섬망
어떤 설마는 운명이 된다는 사실을 모르지 않았는데

너도 눈치챘지 네가 반년 전에 실외기에서 떨어뜨린 알이
깨어났어 곧 날갯짓을 지필 거야
뒤돌아 그리고 곧장 가
가서 너를 먹이로 줘야 해

그곳의 모두가 각각의 창문을 일제히 돌아본다
두고 온 것들이 일제히 열린다

확신이 없는

새들. 머리 없는 새들이 집 유리창을 깨고 새빨갛게 솟구
친다. 부서진 꽃잎이 폭죽처럼 떠내려간다. 패망한 신은 꽃
다발을 들었고 흰 셔츠를 입었고 없다. 갑작스러운 교통 체
증을 책임지는 사람도 없다. 그리고 나는 돌아가서 먹이를
줘야 해. 하는 수 없이 달린다. 재봉선을 뚫고 붉은 깃털이

자라 퍼덕여 본다.

3부

평발이거나 다지증인 천사도 있습니까?

Outro

시작해 보겠습니다
가령
[정의]
한계를 정교히 집도함 .0 사명
제 방에선 미니멀리즘이 유행이었던 적 없습니다
눈을 감으니 하얀 토끼가 사방으로 흩어졌다
가령
탐사선이 흩뿌린 전파;
빨갛게 달음박질치는 고독, 나눠 가진 실존
채널을 돌리다가 귀에 상처가 나기도 한다니

    *

탕 별이 기운다
의사 선생님 관자놀이에 수신 기록이 남아 있고요 아까부터 비프음이 들려요
저는 아름다워질 수 있나요
가령
매일 아침 서걱이는 벽을 난도질하여 그림자를 소생시킴
새 종이 없음

겹에서 선을 건지고… 건지고… 건지고… 건지고… 건지
고…

초라하다

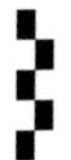

일단 *PS.*라고 적어 생각 있으면 친추 줘
디스코드 second_iris
말 편하게 해 새가 울어
해가 일어

* 붉은 점

종의 묵음

투명하고 무른 몸을 갖고 싶었다

무른 몸으로
떨어지는 새를
받아내고 싶었다

그러나
몸을 주무를 손이 자라날 무렵
나의 껍질은 단단히 굳어 있었고

가슴을 관통하는 바람에
새를 실어 보내는 환각을 보았을 때

최심부는
폐허였다

이제 와서

발치의 새는
머리를 부딪혀 죽은 새

떠나가는
차갑고 투명한 영혼을
배웅한다

검고

검고…
검고…
검은…

빛이 남기고 떠난
검은 수의

그림자가
나를 말하고 있다

from: since: until:

너라면 쓸 수 있을 것 같아
너라면
지금만큼 싸늘하지 않다면
내가 쓰고 싶은 걸
너라면
쓸 수 있을 것 같아 써 줬으면 해 쓰고
내게 보여주지 않아도 되니까
기억하려고 애쓸 필요 없으니까 그냥
적적하다
여기는 항상
네가 생각했던 것보다 더
그렇지만 견딜 수 있을 만큼
애석하게도
내게 딱 맞다
나는
네가 아는 여느 어른들처럼
재미없는 사람이
되어버렸지만

너는 아닐 거라고
장담 못 하지만
넌 아직이니까
내가 미래의
아직인 것처럼
그러니 써줘
나도 쓸게
지금 쓸 수 있는 것
묵묵히 연명하다가
미안해
후회는 아니고
바람이야

부고

백지와의 독대에서 나의 무소식을 벅차게 견뎠다

마르지 않는 입술에 대해 사과하고 싶어지면 입술이 말라
갔다
아니라고 줄을 긋고 싶어지면 할 말이 사라졌다

전할 소식은 이제껏 가장 짧은 쏨이다

한밤중에
내 그림자를 피해 음지로 걸었다

적당히
밝았다

부고장

요새
어떤 것은 깜빡해야만 한다고 믿어

실거미가 그넷줄에 낙수 소리를 꿰어두었어
여덟 모서리의 실밥이 풀리고 있어

인스턴트

마지막 천사가 죽은 밤

가로등 수리기사의 헛손질이

골목의 눈을 가리고

취객으로부터 도망친

어미 고양이의 동공이

천천히 커지는 동안

텅 빈 24시 빨래방에선

흰 셔츠가 회전한다

빛을 내면서

고리가 되면서

적막한 창틀 너머로

어제와 같은 새벽을 켜면서

아우로라

내 온몸에선 젖은 숯내음이 풍기고
껍데기 아래선 작열통이 득시글거린다

웃음이 난다

녹슨 손목을 부딪쳐도 금속음만 울렸다
건너편 빌라의 창을 파랗게 태운 환희는 어떻게 바람 없
이 번졌는지

창문은 활짝 잠겨 있다
최선을 다해 투명하다

기이한 밤

모슬린을 뒤집어쓰고

머리 위를 사뿐히

혹은 활강하는

회전
                하며
하강
        하는

딛고 서는

가뿐히

청동빛 여자의

                혹시
            제 발에
        꼭 맞는 이마를
            가진 사람

아세요?

아세요? 당신이 내 얼굴을 밟고 있어요

당신은 서늘하고 나는 홧홧해요 우리는 붉고 검은 강물처럼 맞닿는군요

이질적인 눈물 냄새가 납니다 바다로 갈 즈음 실리카 겔 없이는 울창한 악취를 풍기겠고요

신발은 신습니까? 어느 브랜드 신발입니까? 크기가 어떻게 됩니까?

평발이거나 다지증인 천사도 있습니까?

열 번에서 열두 번 사이의 꼼지락거림

제 발에
이마가 꼭
맞는 사람

아세요?

이마는 사람의 지평선으로 호명되지만 아무리 단단해도
평발보다 못 해요 꼭 맞는 이마를 넘는다고 동이 트는 기적
은 일어나지 않아요
　그래도 당신의 발바닥은 아늑하군요 이마도 그러한가요
눈물의 상승이 계속되나요
　이대로 웅크려 주겠어요? 당신의 이마를 느끼고 싶어요

≈

여자와 나는 몸을 겹치고
서로의 발바닥에
어긋난 이마를 끝까지 파묻는다

불꽃의 속도로 번지는 새파란 멍
울지 못한 우리군요

구겨 넣은 이마와 발

이 못난 발과 이마를
닳고 닳은 부싯돌을
뭐라고 부를까요

용서라고
할까요

유레카를 외치지 않고서야 물이 넘치는 슬픔을 견딜 수 없었을 것이다

1. 알게 됨은 동시에 잘못 알게 된다는 것.

2. 반복은 편리하고 쉽게 지루해지며 중독성 있다. 발음이 정확하면 무섭다. 그렇지 않아요? 엄마. 엄마. 엄마. 엄마. 엄마. 엄마.

3. 거꾸로 벗어둔 신발을 신을 땐 오른발에 오른쪽 신발을 걸치고 돌려 신은 다음, 앞코로 왼쪽 신발을 차 정방향으로 돌리고 마저 신는다.

4. 죽은 사람의 얼굴을 마주하면 묻고 싶은 게 많아진다. 설령 모르는 사람일지라도.

5. 산 사람에게 묻고 싶은 건 그리 많지 않다.

6. 종말은 느리고 조용하다. 슬픈 이야기를 하지 않을 수 없다.

7. 아무래도 나는 봄이 다 가도록 겨울을 그리워하다 태어난 것 같아.

8. 사계는 시기가 아닌 햇빛의 밀도와 전진 방향으로 구분해야 한다.

9. 거짓말이라고 믿는 거짓말은 어렵다.

10. 우유 한 컵을 얼릴 땐 냉동실에 세 시간쯤 두는 게 적

당하다. 실온에 있던 우유라면 삼십 분 더 얼린다.

11. 밥 먹다 체하지 않는 법: 뉴스 말고 다른 걸 본다.

12. 두 번에 걸쳐 부정하는 걸 좋아해 두 번 생각해야 하잖아. 세수하지/않았다 도착하지/못했다 펼칠 수/없었다

13. 겨울을 좋아하는 사람의 겨울이 가장 짧다.

14. 혼자 묻고 답하는 빈도가 늘었다. 그렇지 않아? 그렇지. 너는 나야? 우리는 우리야.

15. 우리가 한목소리로 말하길, 우리는 우리를 모른다.

16 꼭 왼쪽 어깨부터 뭉친다.

17. 기억력은 안 좋고 책에 선 긋긴 죽어도 싫은 사람이 꼽는 최고의 발명품: 인덱스 하이라이트

18. 앵무새가 인류 언어의 마지막 전달자가 될 것입니다. 앵무새에게 시를 가르치세요.

19. 이것은 내가 질투하는 유일한 분야입니다 가끔 영혼을 훔치고 싶어집니다

20. 의외로 책갈피 삼기 좋은 것: 수예용 가위

21. 슬슬 써야 하는데 읽기를 멈출 수 없어요.

22. 만 개의 평론에서 두어 개의 단어만 겹치는 시를 쓰고

싶었다면 믿을래

23. 슬픔은 건조하고 농담은 단조롭고 성찰은 가식적이고 난장판은 쉽게 질려서 읽을 만하지 않다.

24. 세 번이 안정적입니다. 왜인지는 아직 몰라요.

25. 같이 북해도로 가자. 그 사이 무언가가 달라졌으면 좋겠어. 네가 선물한 지도를 따라 걷다가 모르는 길이 나오면 검정 볼펜으로 죽죽 그어 고쳐 보고 싶어.

26. 언어가 다했다.

27. 기분은 없고 생각만 있다.

28. 기분은 자주 현상이 된다.

29. 시인은 되고 싶지만, 유명한 시인은 되고 싶지 않다.

30. 알게 됨은 동시에 잘못 알게 된다는 것. 그러나 나는 이를 알아 안다고 말할 수 있다.

31. 후회할 것이다.

32. 끝이 났다고 계속되지 않는 것은 아니다.

33. 그런 거짓말은 할 수 없다.

34. 우주는 정육면체입니다. 제가 방금 상자를 뒤집었으니까요.

35. 그만 고치고 싶다.

36. 왼쪽 눈부터 잠들곤 한다.

37. 어떻게 썼는지 모르겠다.

38. 자꾸 나무를 생각한다.

39. 하나 배운 것, 매년이란 불분명한 말은 지우는 게 좋다.

40. 내가 진짜 먹고 싶었던 게 뭐였는지 알려줘서 고마워.

41. 오른손잡이고 오른눈잡이고 오른발잡이고 오른다리를 꼰다. 왼쪽부터 간지럽고 왼쪽부터 아프고 왼쪽부터 잠든다. 대충 균형 잡혀있다고 하자. 내 허리는 틀어졌지만.

42. 물고기에게 손이 있다면 가장 먼저 낚싯대와 새의 부리, 다리를 잡아채 끌고 갈 것이다.

43. 이건 외국에서도 외국어인 외국어.

44. 거울이 유일하게 대답하지 못하는 것.

45. 나이 드는 것은 정말 별거 아니다.

46. 얼마 남지 않았다.

47. 다들 그렇듯 불가능한 일을 바라고 가지지 못한 능력을 탐했다.

48. 솔직히 잊고 있었어요

49. 달은 돌아오지만, 오늘의 고양이는 돌아오지 않는다

고 생각하면 괜찮은 것 같기도 하고.

칼레이도스코프

빗줄기가 당신을 뚫고 지나간 순간 당신의 등이 운명을 포착했다 그러나 당신은 당신의 등을 돌아보지 못하고 나는 당신의 문법을 몰라 삽시간에 멀어졌다 당신 스스로 등의 점 개수조차 셀 수 없다니 나는 전부 보고도 불확실한 예언이나 해야 한다니 자신의 몸과 불화하는 이들이 각자 건조한 고작으로 흐느낀다 부재한 감각을 서로 바꿔 끼울 한 번의 기적을 바란다 눈치 보던 거울 장수가 약팔이 노릇하며 광장을 에운다 반사상 속 입술은 밋밋하기만 하다 당신의 등은 당신이 아는 등뿐이다

아우로라

(0)

기도합시다.

(1)

모든 천사의 기억은 한 기도에서 시작됩니다

(2)

그것은 새벽어둠 끝자락을 깨뜨리는 망치질과
풀무 바람과 땀과 염화의 노래입니다
시간을 숫돌 삼아 갈아낸 감각이며
섬광을 노련하게 응시하는 고단한 눈빛입니다

(3)

그것은 최초의 천사가 태어나던 순간에도 들려온 기도
이자
신보다 오래된 기도입니다

(4)

모든 천사는 최초의 기도를 기억합니다

(5)

…그들은 형상 기억 합금과 전서구 사이의 아종으로 귀소본능
이 뛰어나고…

(6)

…종종걸음으로 녹황색 빛을 쫓는다
동토를 횡단하는 청동 행렬이 되어 맨발로 녹슨 종성을
자잘히 울린다
우연과 의도를 벗어난
도둑갈매기의 사소한 깃 빠짐처럼

(7)

피골이 들붙어 얼어 죽기만 기다리던 늑대 무리가 깨어나
뻣뻣한 털을 세운다. 탁한 눈동자의 행방이 교차한다. 바싹
마른 입으로 수군거린다. *하늘을 봐, 지금, 다시 일어선다*
면, 달려, 지평선을 접고, 자오선을 넘어, 불이 피어오르는

곳으로, 허기를 녹일 곳으로, 일출이 절망스럽지 않은 곳으
로, 당장 쥐를 깨워, 굴을 파내, 잠든 곰의 따귀를 후려, 죽
지 말라고 전해, 죽지 말라고,

(8)
끝없이 밀려든다

(9)
…전 세계에서 오로라가 관측되고 있습니다…

(0)
멀리서 누군가가 끝없이 빌고 있다

나의 영혼은 노스탤지어를 표류하고

잘 지내나요
내 영혼이 비롯한 땅
사라져가는 계절

저는
고래처럼 살아가는 법을
배우는 중입니다

수면을 향해 내달리는
거대한 심장을 잠재우기

한 번의 호흡으로
오래 멀어져 있기

그리움은
조금씩 내쉬기

그러다

검어진 영혼이
침몰을 고요히 종용할 때

젖은 얼굴로
찾아가겠습니다

다시 한번 떠나
다시 한번 계속하기 위해

원더풀 마이 라이프

지루한 것들의 종말이었다

어느 해 질 녘에 유성우처럼 쏟아지는 머리들 뒤통수 없이 저무는 얼굴들 아스팔트 위로 처박혀 뒹구는 이마들 그걸 훔치는 사람들 살아남기 위해 광대 짓하는 사람들 떼를 이루었다 개중 아직 따뜻한 머리통은 축축하고 둥글어 입술을 오므리고 싶은 기분 참을 수 없이 애틋한, 옆 사람의 머리를 갈아 끼우니 질려버렸지만

석양이 도시의 온갖 구멍으로 쏟아져 나온다 온통 주홍 주홍 주홍 나는 목숨줄 질긴 쥐새끼처럼

다짐했지
비스트로의 유리창을 깨부술 만큼만 명랑해지자

어제의 핫했던 씬은 따분하고 어제의 유머러스했던 문장은 식상해 차가운 완두콩 스튜 말고 팔팔 끓는 샐러드를 내와! 반찬 투정하는 뮤지컬 주인공 따위가 되고 싶겠냐만 그러고 싶었다면 싱싱한 식탁을 정복하고 치맛단 매달아 깃발 꽂고 싶어진다면

노래하다. 금세기 각자도생은 부담스럽다던 세븐 모텔의
이적. 급매, 39평, 리모델링비 할인. 전단을 붙이는 유인원
들. 데드라인이 구걸한 벌레들. 왜, 딸기우유는 좋고 원숭이
꼬리뼈 찜은 싫어? 너네 뭘로 분홍색을 내는지 잊었구나?
구역질 나지도 않는 레퍼토리야? 점령전이 싫으면 술래잡
기로 지루해질래?

전력으로 쫓아봐 한 끗 차이로 도망갈게 실수로 진심이어
봐 모른 척 겁에 질릴게 끝내 지루해진 내가 머리를 던져 유
리창을 깨면 훔쳐 가 음미해 노래해 어때요 나 덕분에 명랑
합니까? 나는 덕분에 명랑합니다

(0)

자기야 우리 눈 뜨면 녹아 있을까

앞집 개새끼랑 옆집 개자식들이랑 한 거푸집에 들어갈까

무수한 팔이 돋을까 한 덩어리일까 한 명의 천사가 될까

한 개의 입을 공유할까 욕해도 될까 동시다발적일까

목소리를 견딜까 스스로 사할까

공동의 침묵은 반드시 평화로울까

눈 돌려봤자 상천일까

못지않게 절박하면

미친 듯이 발광하는 새벽빛을 외면하고 잠들 수 있을까

단잠일까

자기야

아직 이 개 같은

면에 포 뜨인 얼굴이다 어슬렁대는 잠어의 그림자다 주변은 바람 없는 파랑이고 높은 제자리거나 낮은 제자리다 발과 날개가 효용을 잃으면 물밑에서 휘도는 소리 머리를 벗어난 짐승이 그르렁거린다 가슴을 뚫은 방울이 딸랑거린다 집과 시쳇더미를 분별하지 못한다 멱살을 물고 물으로 간다 이게 몇 번째인지 더럽게 충성스러운

죽음이 아직이라 삶이라면 너는 얼마나 많은 죄를 짓는지 얼마나 많은 죄를 떠넘기고 신나서 헥헥거리는지 언제든 펄떡이는 심장이 징그럽기만 하니까 꺼져 개새끼야 이거나 먹고 떨어져 뭉텅 자른 손목을 전력투구하면 벽을 허물고 솟구친다 과속하는 기억을 헤집는다 치여 죽어도 일어난다 현실을 추월한다 내가 잊고 있었던 모습으로 돌아온다 헤벌쭉 웃고 있다 뿌듯하니 꺼지랬지 물어오라곤 안 했는데 돌려받은 손목은 뜨뜻한 입김에 파묻혀서 구역질이 난다

너 배 안 고프니 마저 짐승같이 굴지 그러니 왜 줘도 처먹질 않니 뭘 더 하고 싶다는 거니 내가 젖은 귀를 던져도 튀어 나갈 거지 보고 싶은 것만 보다가 멋대로 돌아올 거지 혼자 미래의 냄새를 맡고 재촉할 거지 나를 데리고 기다려 오

지 마 움직이지 마 아직이라고 했어 마주한 채 똑같이 멈춰
있다 도처에 젖은 짐승 발자국이 어지럽게 널려있다 도대체
무엇이 미련이기에 아직 이 개 같은

해설

하이브리드 상상력으로 충만한
독자적인 미학적 시도詩圖

염선옥(문학평론가)

하이브리드 상상력으로 충만한 독자적인 미학적 시도^{詩圖}

통상 한 권의 시집은 60여 편 내외의 시편을 4~5부 정도로 나누어 구성하는 경우가 많다. 그러나 이적온 시인의 첫 시집 『이제부터 위험하면 뻐끔거려』는 39편의 시로 이루어져 있다. 처음에는 그 적은 시편이 다소 아쉽게 보일지 모르지만, 읽을수록 그러한 우려는 무의미해진다. 이 시집은 분량의 한계를 사유의 밀도와 산문적 시쓰기로 전복하면서, 응축된 언어와 자유로운 형식 속에서 고유한 리듬을 만들어내기 때문이다. 산문적 호흡 속에서도 시어는 긴장을 잃지 않고, 절제된 어조는 끝내 깊은 사변의 울림으로 번져간다. 이적온의 첫 시집은 바로 이 반전과 여운 속에서 시가 도달할 수 있는 사유의 두께를 한껏 증명해 보인다.

이적온은 하나의 시적 '파(派)'에 안착하기를 거부한 채, "너와 나밖에 없"(「슬픔의 유전적 클리셰」)는 시적 공간을 마련하고, 그 안에서 '너'는 "나 덕분에 명랑"하고, '나' 역시 너로 인해 "나는 덕분에 명랑"하기를 바라는 상호의존의 관계를 구축한다. 시인은 메마른 현대인의 삶에도 "석양이 도시의 온갖 구멍으로 쏟아져 나"(「원더풀 마이 라이프」)온다는 사실을 일러주며, "잘 지내나요"(「나의 영혼은 노스탤지어를 표류하고」)라고 조심스레 안부를 묻는 화자의 목소리를 통해 고립과 피로의 시대에도 여전히 타자에게 말을 거는 윤리적 감각을 회복하고자 한다. 금세 따분해지고 진력나는 지루한 삶 속에서도 전력을 다해 살아가는 이들에게는 스쳐 지나가는 희망의 순간이 분명 존재한다고 말한다. 그리고 그 희망에 답하려는 화자의 목숨 건 응답 탓에 "혀가 끝없이 길어졌"지만 "유창하게 흔들리는 몸으로/도시와 눈과 불과 새의 공용어로" 시를 시작하겠다고 선언하는 「시인의 말」의 태도에서 우리는 시인의 근본적 진정성을 또렷이 경험한다.

이적온의 시를 끝까지 읽고 나면 그의 시세계가 무엇보다도 21세기 'Flash'의 세계를 살아가는 실존(Flesh)들의 고독과 고통, 무의미와 상실, 그리고 애도의 정동을 숨김없이 전면에 내세우면서도, 끝내 삶 쪽으로 몸을 기울이려는 움직임을 포기하지 않는다는 것을 알게 된다. 삶과 죽음의 현장에서 처음 맞닥뜨린 실존의 어색한 몸짓과 말을 비추어보면서, 그는 그 나름의 방식으로 애쓰는 개별적 목소리가 다시 획득되는 지점을 더듬어간다. 애도와 공감, 연대의 순간이 빠르게 소비되고 사라지는 시대 속에서도 일종의 '반딧불의 잔존'(위베르만)처럼 끝내 소멸하지 않는 어떤 빛이 여전히 남아 있음을 조용히 암시한다. 삶의 곤궁함 속에서 영혼은 한곳에 정박하지 못한 채 표류하지만, 그럼에도 몇 퍼센트의 긍정이라도 기어이 받아들이려는, 삶을 향한 미세한 기울기를 끝내 놓치지 않으려는 결심이 이 시편들의 바닥에서 은근하면서도 단단한 빛으로 번지고 있다.

1. 파(派)를 초극하는 미래인

새로움을 향한 여러 시적 실험들 위에서 이적온의 첫 시집 『이제부터 위험하면 뻐끔거려』를 읽어본다. 거친 공기 속에서 숨을 고르듯, 그의 시는 2000년대 이후 한국 시가 통과해온 여러 변화를 온몸으로 받아들인 뒤, 지금 여기의 언어로 다시 내뿜는 듯하다. 전통 서정이 자아의 서사와 감정의 통일성 위에 세워온 단단한 구조를 흔들고, 언어와 사물, 주체와 세계의 거리를 새로 재려 했던 일련의 시적 실험들은, 이적온의 문장에 이르면 어느새 '현재형' 삶의 감각으로 번역되고 있다. 2005년 이후 한동안 문학장을 뜨겁게 달구었던 '다른 서정'과 '미래파'

를 둘러싼 논의는, 서정의 갱신 가능성을 전면으로 끌어올리며 주체 중심의 동일시 시선을 벗어나게 한 바 있다. 그 결과 새로운 감각과 정동을 서정의 바깥이 아니라 서정의 범주 안에서 사유하려는 시도가 본격적으로 일어났다. 주체의 균열과 현실로부터의 유예를 삶의 기본값으로 받아들이는 가운데, 해체나 단순한 부정이 아니라 모든 것들을 수용할 수 있다는 '탈(脫)'의 시학으로 독해해볼 수 있었다. 이는 서정을 화석(化石)이 되지 않도록 하며 시대의 부름에 응답하는 살아 숨쉬는 시가 될 수 있도록 하는 비판적 계승임에 틀림이 없다. 나아가 불일치와 부정합, 의식과 무의식의 중얼거림과 같은 자폐적 감수성, 가상과 현실, 감성과 기술의 겹침을 적극적으로 수용함으로써, 자명한 자아·자연·기억의 통일성을 중심으로 구축되어온 기존 서정을 관통하여 서정의 개념을 확장해가는 전략이기도 했다. 이 일련의 흐름에 붙였던 다양한 이름들은 엄밀한 의미의 하나의 '파(派)'를 가리키기보다 이 경향을 가시화해 부르기 위한 비평적 수사에 더 가까웠을 것이다.

이적온의 시세계는 이른바 '새로운 서정'의 궤도를 충분히 통과한 이후 형성되었다는 점에서 의미심장하다. 자신의 첫 시집에서 그는 '무엇을 말할 것인가'와 '어떻게 말할 것인가'라는 오래된 물음에 또렷한 개성으로 응답하면서, '탈(脫)'의 실험을 통해 균열된 주체와 유예된 현실을 시의 기본 조건으로 삼는다.

그렇다고 세계와의 조화라는 전통 서정의 이념을 전면 부정하기보다는, 디지털 시대의 사적 관계망과 액체화된 윤리가 교차하는 지점에서 그 이념을 비틀어 안은 채 또 한 번의 새로운 서정을 시험해보고 있으며, 바로 그 지점에서 오늘의 감수성이 도달할 수 있는 또 하나의 문턱을 넘어서고 있다.

사상 최악의
방송사고

그냥 그런 꿈을 꾼 적 있고
그냥 그런 시를 쓴 적 있다 *지나치기엔 지나친*

모르는 사람과 나란히 걷다가
서로를 교차하며 멀어질 때의 슬픔

나의 미학은 버림이었고 떨어져 나간 부산물을 탐미했다
내 인생의 가장 큰 업적은 발뒤꿈치에 박힌 굳은살을
손가락 한 마디만큼 잘라낸 일
다시 굳을 때까지 걷고 또 잘라낸 일

스페이스 바로 기록되는 숨

큰 죽음일수록 화환이 많이 팔린다
화환을 만드는 사람은
어떤 기분인가

문단 모양을 정장 기준으로 가지런하게 맞춥니다

우리는 이상한 장면을 늘어놓고 생뚱맞은
                              결론을 도출하는

   * 여기 있는 것들은 미래의 저를 포함하여 누구든지 자유롭게 사용할 수 있습니다. 누가 어떻게 이런 걸 생각했냐고 물으면 애매한 웃음으로 답하세요.

   * 지금까지 잔문통에서 재활용된 밑줄로는 '내 입안에는 빈 곳이 너무 많고, 손에는 작고 하얀 이들이 가득하다', '바다 사진 찍는 사람을 지나왔다', '내가 당신의 다음 말이 짧길 바라는 것은 지극히 친환경적인 이유 때문이다', '마르지 않는 입술에 대해 사과하고 싶을 때가 있다', '빛의 대화' 등이 있습니다. 이중 몇몇은 시째로 폐기되었습니다.

   * 잔문통에 들어감이 반드시 마음에 듦을 의미하진 않습니다.

— 「잔문통」전문

이적온에게 미래파는 또 하나의 '파(派)'이자, 얼마든지 유행처럼 소비되고 지나갈 수 있는 하나의 형식이다. 그러나 그는 시인이라는 존재 자체가 이미 "미래의 저를 포함"한 '미래인'임을 잊지 않는다. 어떤 유파에도 안착하지 않는 이 미래인은 주어진 언어 자원을 소비하는 동시에, 그것을 어떻게 다시 쓰고 돌려줄 것인지 고민하는 주체이다. 이런 맥락에서 「잔문통」은 겉으로는 미래파와 접속하는 듯 보이지만, 정작 그들이 추구한 '한 번도 본 적 없는 것'이 아니라 '이미 다 본 것들'을 다시 들여

다보는 데서 출발하는 시라 할 수 있다. 이적온에게 새로움이란 무(無)에서 갑자기 생겨나는 것이 아니라, 익숙한 문장을 다른 자리에 옮겨놓을 때 생기는 아주 작은 어긋남에 가깝다. 각주 형식 또한 거창한 이론을 과시하기 위한 장치라기보다, 흩어진 문장들을 다시 한번 불러보는 소박한 반복의 몸짓이다. 그래서 '잔문통'에 모여든 문장들은 시집 곳곳에서 이미 읽었던 것들이 지만, 다시 호출되는 순간 더 이상 단순한 찌꺼기가 아니라, 끝 내 책임지지 않고서는 버려둘 수 없는 잔여로 성격이 달라진다. "잔문통에 들어감이 반드시 마음에 듦을 의미하진 않습니다." 라는 각주 3)의 문장은 이 시의 윤리를 가장 쉽게 설명해준다. 좋아해서 남기는 말만이 아니라, 좋아하지 않더라도 떠맡아야 하는 말, 마음에 걸려 그냥 지나칠 수 없는 말을 이적온은 숨기 지 않고 글 위에 올린다. 이때 시란 더 이상 '좋아하는 문장'들만 모아놓은 이상적인 구조가 아니다. 오히려 마음에 들지 않는 말 까지 함께 안고 있는 그릇에 가깝다. 미래파적 형식을 한 번 통 과한 시인이 그 화려한 전면이 아니라, 곁에 쌓여 있는 문장 더 미 앞에 서서 조용히 통 하나를 꺼내 "여기다 넣어두자"고 말하 는 장면, 「잔문통」은 바로 그 풍경을 보여준다. 그 풍경 속에서 시인은 어떤 '파'의 이름이라기보다, 한 번 분류가 끝난 뒤에도 여전히 남아 있는 것을 끝까지 바라보는 사람이라는, 작지만 단 단한 자리를 확인하게 된다.

2. 탈(脫) ―

　'버리다'라는 말의 최초 기록은 15세기 『석보상절』에 나타난 중세국어 부리·다·(pòlí-tá)로, "가지고 있을 필요가 없는 물건을 내던지거나 쏟다", "나쁜 성격이나 버릇을 없애다"라는 기본 의미를 지닌다. 이 단어는 의미상 한자 '棄(버릴 기)'와 대응하며 '포기(抛棄)', '폐기(廢棄)' 등과 더불어 '버림'의 동일한 의미장 안에 놓인다. 이러한 어원적 배경 속에서 '현대예술'이라는 말은 사전적으로 "전통적인 것을 버리고 새로움을 추구하는 예술"을 뜻한다. 우리가 무심히 수용해온 이 정의는 전통을 새로움의 반대편에 두고 전통 속에는 더 이상 새로움이 머물지 않는다고 가정한다. 그러나 '脫'의 어원이 보여주듯 '버리다', '벗는다', '벗겨낸다'는 행위는 단순한 과거나 전통으로부터의 탈주에 머물지 않는다. 그것은 이미 주어진 정의와 개념, 익숙한 질서와 감각의 틀을 벗어나 스스로를 하나의 텅 빈 페이지로 남기려는 결심에 가까워진다. 동시에 '버린다'는 행위는 언제나 되돌릴 수 없는 흔적을 목적어로 남긴다. 버린다는 것은 흔적을 지우는 일뿐만 아니라, 오히려 다른 형식의 기억으로 남기는 일이 된다. 결국 버림 안에는 차가운 결별과 미세한 애도의 기운이 함께 배어 있다. 현대예술의 '버림'은 그래서 단순한 부정이 아니라 사라짐의 방식을 통해 새로움을 탐색하는 또 하나의 서정이라 할 수 있으며, 이 지점에서 이적온이 실험하는 '탈(脫)'의 서정 또한 읽히기 시작한다. 그의 시에서 '탈'은 전통의 파기나 미학적 단절을 선언하는 몸짓이 아니라 버리고 택한 것들조차 다시 시와 삶을 옭아매는 또 다른 구속이 된다는 사실에 이른 철학적 자각에 가깝다. 또한 시인은 우리가 서로 다른 언어가 끝없이 흩뿌려져 교차하는 세계 위를 살아간다는 사실을 잊지 않으며, 그 다언성과 균열을 시의 출발점으로 삼는다. 그의 작품은 현대의 일상과 유리되지 않은 행보를 통해, 다른 예술 매체와 과학 기술의 변화에 보조를 맞추는 작업을 구호가 아니라 실제 텍스트의 차원에서 수행하고 있다는 점에서 의미를 지닌다. 시인에게 '버림'은 관계를 끊어내는 폐기가 아니라 남김과 흔적, 변형을 통해 관계를 다시 세우는 방식인 셈이다. 그의 시에서 전통은 폐기된 과거가 아니며 껍질로 남아 있어야만 비로소 벗겨질 수 있는 어떤 몸으로 존재하는 것이다. 그러므로 '탈'은 버림을 통한 부활이며 소멸을 경유한 감각의 환생이 된다.

보았니 또다시 새벽처럼 비가 내려 땅 위로 매달린 나무에 거꾸로 매달린 도마뱀이 매달린 꼬리를 삼키지 가장 가는 가지에 매달린 외국인의 혀를 묻으며 쏘리 아임 배드 폴 잉글리시 그 말은 다음 생

엔 네가 나무로 태어나길 바란다는 뜻이었다 나무가 가지를 흔들면
매달린 사람은 둥근 머리끝부터 갈라지고 하얗게 마른 탈을 밀어내
고 무수한 꽃을 터뜨리고 서서히 탈락하는 탈피 탈각 탈색 탈회 쥐
어뜯어도 따갑지 않으니 탈, 도망쳐 정말 기쁜 일이야

　줄곧 비가 내릴 거다 사람들은 물웅덩이에 고인 꽃잎을 내려다
보지 않을 테지만 신기한 냄새가 난다며 거꾸로 익사한 너의 손등
에 홀린 듯 입 맞추겠지 この花の名前は何ですか?* 축제 중입니다
공원으로 가는 길은 저쪽입니다 그 말은 스미마셍 와타시와 니혼고
가 헤타데스**라는 뜻이었는데 그 사람은 너를 축제라 부르기 시작
한다 그럼 거꾸로 순장된 도마뱀이 발목에 혀를 매달고 아까와 비
슷하게 말하는 거다 쏘리 아임 배드 폴 잉글리시 그 말은 탈, 이것은
뒤집어쓴

* 이 꽃의 이름은 무엇입니까?
** 죄송합니다, 제가 일본어를 잘 못합니다.

—「脫」(2023.04.07. 12:26 pm, 봄꽃축제) 전문

　「脫」은 나무와 도마뱀, 비와 물웅덩이, 꽃과 축제, 그리고 파
열된 다국어의 파편들이 뒤엉킨 장면 속에서, '탈'을 육체적 탈
피이자 언어·정체성의 전복으로 형상화한다. 화자는 단일한 시
점에 안착하지 못한 채, 매달린 몸들과 뒤집힌 공간, 서툰 언어
의 반복 속에서 끊임없이 미끄러지는 존재로 제시된다. "땅 위

로 매달린 나무에 거꾸로 매달린 도마뱀"은 가장 먼저 위와 아래, 중심과 주변에 대한 통상적 공간 감각을 전도시키며 독자의 시선을 흔든다. 여기에 "매달린 꼬리를 삼키"는 도마뱀과 "가장 가는 가지에 매달린 외국인의 혀"가 겹쳐지면서, 신체는 자기 일부를 삼키고 타자의 혀를 매단 기묘한 유기체로 재구성된다. 이때 "쏘리 아임 배드 폴 잉글리시"라는 문장은 서툰 영어의 우스꽝스러운 패러디이면서도, 타자의 언어를 흉내 내며 실패하는 화자의 자기 노출로 읽힌다. 문법적으로는 be bad at ~ 구조를 따라 "I'm bad at English"가 적절한 표현이기에, "배드 폴 잉글리시"라는 어색한 조합은 의도적 파열로 기능한다. 맞지 않는 숙어를 끌어와 비틀어 놓음으로써 화자는 자신의 언어적 결핍을 드러내는 동시에, '정상적인' 영어 규범에 편입되기를 거부하는 태도를 보여준다. 그 문장이 "다음 생엔 네가 나무로 태어나길 바란다는 뜻이었다"로 번역될 때, 사과와 자기비하의 말투는 환생과 변신의 서사, 인간과 나무 그리고 곤충의 경계를 넘나드는 상상력으로 확장된다. 기표와 기의가 정확히 대응되지 못한 채 비틀리고 혼종되는 이 세계에서, 정체성은 더 이상 고정된 실체가 아니라, 뒤섞임과 오역, 전도와 변형의 과정에서 잠정적으로만 형성되는 것임을 이 작품은 보여주고 있다.

탈근대, 탈식민, 탈자본, 탈정치, 탈이성, 탈권위 등 온갖 '탈—' 개념이 공통 어휘가 된 지금, 시의 영역에서 말하는 탈서정

역시 결국 서정과의 수수관계(授受關係) 속에서 이해해야 할 것이다. 이적온은 매우 날카롭게 탈피가 하나의 새로움으로 머무는 순간이 지극히 짧고 그마저도 다른 텍스트들의 유사와 상사에 기대어 있게 된다는 점을 놓치지 않는다. 이 시에서 '탈'은 전통과의 단절이나 미학적 파기의 제스처라기보다는, 벗어남 그 자체가 또 하나의 껍질과 가면을 파생한다는 역설을 드러내는 장치이다. 이 역설 구조는, 벗어나는 순간에도 이미 새로운 형식과 규범에 포획될 수밖에 없는 주체의 조건을 드러내는 철학적 사유이자 시적 주장이다. 시인이 겨냥하는 것은 하나의 틀에 갇히지 않기 위해 끊임없이 말하고 행동하고 움직여야 한다는, 액체 현대의 정체성 조건에 대한 자각이다. 정지해 있는 순간, "박제되어/시대의 미학으로"(「Berry」) 새로운 틀과 이름이 우리를 고정하고 평가하며, 그때마다 '벗어남'은 다시 하나의 형식으로 굳어지기 때문이다. 이런 맥락에서 어떤 해석이나 글도 완전히 옳거나 틀렸다고 단언할 수 없다는 사유가 시 곳곳에 스며있다. 읽기의 다층성과 의미의 복수성 자체를 전제하는 태도가 곧 이 시의 윤리이자 미학으로 자리 잡고 있는 셈이다.

3. 충만한 시도(詩圖)

　시의 본령은 상상의 세계든, 미래든, 무의식의 세계든, 혹은 이국이든 간에 자신만의 새로운 세계를 창출하고, 그곳에서 작동하는 언어와 사건들로 하나의 세계를 구성한 뒤, 그 세계와 우리가 사는 세계를 나란히 놓고 비교·감상하도록 '너'를 낯섦의 자리로 초대하는 데 있다. 이적온의 태도는 이러한 본령을 잇되, 하나의 올바른 의미나 단일한 해석을 제시하기보다 의미가 어떻게 생겨나는지를 독자와 함께 실험하는 쪽에 더 근접한다. 그에게 '정답'이란 하나로 수렴되는 결론이 아니라, 누구에게나 열려 있으며, 함께 보고 건너보고 말해 보고 주고받는 과정 전체를 가리키는 이름이다. 그에게 시는 시인의 목소리만으로 완결되는 자폐적 공간이 아니라, 타자의 입장으로 옮겨 서보고 다시 돌아오는 관계적 운동의 장이다. 보는 법, 건너는 법, 읽는 법으로 굳어져 있던 규칙들을 의도적으로 비틀어 익숙한 세계를 타자의 시선에서 다시 보게 만드는 태도 속에는 고정된 자아보다 유동하는 관계를 더 신뢰하는 윤리가 배어 있다. 이때 시인은 독자를 교정하거나 가르치려 하기보다 시험지나 게임, 지시문과 같은 형식을 빌려 '우리 한번 해보자'라고 제안하는 자리에 선다. 누가 맞고 누가 틀렸는지를 가려내는 대신 서로 다른 입장과 선택들이 공존할 수 있는 지점을 탐색하고, 그 탐색의 전 과정을 하나의 연대로 인정하는 태도가 두드러진다.

Q1.

어디로 갈 거야? 어디론가 갈 거야 20세기 명화를 액자째 열어젖
힐 거야 비밀통로 안으로 들어갈 거야 거꾸로 뒤집힌 삼각형이 되어
서 점선면으로 조각난 물병을 의자를 소년을 목격하러 갈 거야 따
라올 거야? 따라갈 거야 네가 안으로 들어가면 여기도 조각나기 시
작할 테니까 나도 모르는 사이 들어가 있을 테니까 머리를 들이밀
테니까 나는 납작해진 가슴 아래 삐딱한 사다리꼴이 될 것 같아 왜
하필 사다리꼴인지 잊을 것 같아 가기 싫다고 하면 안 갈 거야? 싫
다고 할 거야? 아니 어디로든 갈 거야 네가 들어간다면

Q2.

소감은 어때 색각을 완치한 소감 빨갛다고 하면 빨갛고 검다고
하면 검어지지 검은 심장 검은 핏줄 검은 입술은 가짜 같으니까 검
은 신호에 길을 건너는 빨간 사람들이 될까

저 신호등 지금 무슨 불이야? 검은 불이야 차가 멈추지 않는 검
은 불이야 건너도 괜찮은 거야? 건너도 괜찮은 거야 신호등은 검은
불이고 우리는 빨간 사람들이니까 네가 그렇게 생각하니까 손 높게
들어 지나갈게요

Q3.

우리 이구동성 게임 하자 문자 전화 하나 둘 셋 산 바다 하나 둘

셋 소설 영화 하나 둘 셋 늦봄 초여름 하나 둘 셋 닭 알 하나 둘 셋
뼈 살 하나 둘 셋 손 발 하나 둘 셋 사진 사람 하나 둘 셋 사건 사고
하나 둘 셋 꿈 잠 하나 둘 셋 몽상 망상 하나 둘 셋

셋 둘 하나 밀다 당기다 셋 둘 하나 열다 트이다 셋 둘 하나 건너
다 넘다 셋 둘 하나 주다 건네다 셋 둘 하나 내리다 세우다 셋 둘 하
나 뛰다 걷다 셋 둘 하나 보다 지나치다 셋 둘 하나 가다 멈추다 셋
둘 하나

Q4.
너 어디 있어? 나 _______에 있어.

Q5.
잘 찾아왔네
원래 목적지는 아니지만

여기까지 읽었다면 각 번호에 빨간 색연필로 동그라미를 치세요.
정답입니다.

— 「당신의 입장이 나의 입장」 전문

이 시는 '당신의 입장'이라는 표현을 '나의 입장'과 겹쳐 놓
으면서, 시인과 화자, 화자와 대상, 시인과 독자의 관계로 계속

확장해간다. 그 결과 시인의 관점만이 유일한 정답이 되는 것이 아니라, 독자 역시 시험지의 응시자이자 세계 구성의 공모자로 호출되는 구조가 형성된다. 번호 매겨진 Q1~Q5와 마지막의 "정답입니다"라는 문장은 질문-정답이라는 시험의 형식을 빌리면서도, 정작 어느 질문에도 단일하고 고정된 답이 존재하지 않는다는 역설을 드러낸다. 이 작품은 특정 해석을 절대화하기보다, 다양한 독해 가능성을 열어둔 채 텍스트와 독자 사이의 긴장을 유지하는 점에서 신비평적 독해 태도를 의식적으로 비틀어 수용하고 있다. 하나의 독자적 시선만이 고정되어 있지 않다는 이 유연한 설계는 의미를 텍스트 내부에만 고정하지 않고, 읽기의 행위 속에서 끊임없이 갱신되는 것으로 이해하려는 시인의 태도를 잘 보여준다.

Q1에서 반복되는 "어디로 갈 거야?"라는 물음은 처음에는 물리적 목적지를 묻는 것처럼 보이지만, 곧 "20세기 명화를 액자째 열어젖힐 거야", "거꾸로 뒤집힌 삼각형이 되어서 점선면으로 조각난 물병을 의자를 소년을 목격하러 갈 거야"라는 고백으로 이어지며 회화적 공간, 기하학적 도형, 분절된 대상이 뒤섞인 추상적 장면으로 전환된다. 액자를 "열어젖힌다"는 표현은 예술 작품을 감상의 대상이 아니라 진입 가능한 통로로 재구성하는 상상력이다. "거꾸로 뒤집힌 삼각형", "점선면으로 조각난 물병을 의자를 소년을"은 입체파 이후의 해체된 시각

성, 즉 한 몸과 한 사물을 여러 각도에서 동시에 포착하는 현대 회화의 감각을 환기하며, 이적온의 시가 이미 다른 예술 장르의 감각 구조를 시적 텍스트 속으로 끌어들이고 있음을 보여준다. 이때 "따라올 거야? 따라갈 거야"라는 반복은 화자와 '너'의 위치를 끊임없이 뒤집어 놓는다. "네가 안으로 들어가면 여기도 조각나기 시작할 테니까"라는 문장은 누가 먼저 '안'으로 들어가느냐의 문제가 단지 행동의 선후가 아니라 세계의 구조를 바꾸는 사건임을 암시한다. '너'가 작품 안으로 들어가는 순간 "여기", 곧 질문을 던지던 바깥의 세계 역시 조각나기 시작한다.

Q2에서 시는 '색각의 회복'이라는 설정을 통해 인식의 기준이 뒤집히는 경험을 서술한다. "색각을 완치한 소감"이라는 문장은 이전까지의 색 지각이 어딘가 결핍되어 있었다는 전제를 전제로 삼는다. "빨갛다고 하면 빨갛고 검다고 하면 검어지지"라는 진술은 색이 사물의 고유한 속성이라기보다, 언어적 규정과 인식의 틀에 따라 부여되는 것임을 역설적으로 드러낸다. "검은 심장 검은 핏줄 검은 입술은 가짜 같으니까"에서 '검정'은 단순한 색채가 아니라 불길함, 혐오와 결합된 문화적 코드로 호출되며, 이미 내면화된 선험적 지식과 경험을 전복한다. 이에 비해 "검은 신호에 길을 건너는 빨간 사람들"에서 검은 불과 빨간 사람은 규범이 전도된 상황을 상징한다. 신호등의 검은 불은 "차가 멈추지 않는 검은 불"이고, 반복되는 "건너도 괜찮은 거

야?"는 규범이 무너진 자리에서 행위의 허용 여부를 다시 묻는 불안이자, 그 규범을 새로 설정할 기회를 품은 물음이다. "신호 등은 검은 불이고 우리는 빨간 사람들이니까 네가 그렇게 생각 하니까"라는 구절의 핵심은 "네가 그렇게 생각하니까"에 있다. 규칙은 외부에서 주어진 절대적 질서가 아니라, 특정 인식 주체 의 '생각', 곧 입장에 의해 임시로 성립하는 것이라는 자각이 드 러난다. 그럼에도 "손 높게 들어 지나갈게요"라는 말은 그 임시 규범에 자신을 기꺼이 맞추어 움직이겠다는 결정을 표명한다. 이때 '입장'은 단순한 의견이나 관점이 아니라 행동을 가능하게 하는 규범적 전제의 선택으로 기능한다.

Q3은 "우리 이구동성 게임 하자"라는 제안과 함께, 이른바 '정답 맞히기'를 전제로 한 게임 형식을 차용한다. 산/바다, 소 설/영화, 늦봄/초여름, 닭/알, 뼈/살, 손/발, 사진/사람, 사건/사고, 꿈/잠, 몽상/망상과 같은 짝들은 각기 다른 선택지이면서도 어 느 한쪽에 분명한 우위를 부여하기 어려운 쌍들이다. 이 구성 을 통해 시는 일상에서 우리가 무심히 택해온 선택들이 사실은 거의 동치(同値)에 가까운 항목들 사이에서 이루어졌음을 드러 낸다. 특히 "몽상/망상"과 같은 쌍은 정상과 비정상, 상상과 병 리의 경계가 얼마나 쉽게 흔들릴 수 있는지를 시사한다. 3연 후 반부에서 숫자의 호흡은 "하나 둘 셋"에서 "셋 둘 하나"로 역전 되고, 밀다/당기다, 열다/트이다, 건너다/넘다, 주다/건네다, 내

리다/세우다, 뛰다/걷다, 보다/지나치다, 가다/멈추다 등의 동사 짝이 나열된다. 이 동사들은 동작의 방향과 결과, 관계의 구성 방식을 미세하게 달리하는 쌍들로서, 더 이상 정답 맞히기의 대상이 아니라 어느 쪽을 선택해도 의미의 편차가 크지 않은 두 입장으로 제시된다. 이 구조는 '정답'을 가려내기보다는, 서로 다른 입장과 움직임이 얼마나 미묘한 차이로 갈라지는지, 그 미세한 편차의 공간을 체감하게 만드는 언어적 훈련이자 감각 실험일 것이다.

Q4의 "너 어디 있어? 나 ______에 있어."는 앞선 모든 문답과 선택의 구조를 한 줄의 빈칸으로 압축한다. 이 빈칸은 물리적 위치(집, 회사, 지하철 등)가 들어갈 수도 있고, 심리적 상태(혼란 속, 너의 입장 속 등)가 들어갈 수도 있는 열린 자리이자 '빈 페이지'다. 시는 정답을 제시하지 않은 채 독자가 자신의 언어와 경험으로 이 빈칸을 채우도록 요구한다. 이로써 독자는 더 이상 외부에서 텍스트를 관찰하는 독해자가 아니라, 문장을 직접 완성해야 하는 참여자로 전환된다.

Q5의 "잘 찾아왔네/원래 목적지는 아니지만"이라는 말은 목적지에 도착했다는 사실과 그 도착이 애초 의도된 방향은 아니었다는 사실을 동시에 인정하는 문장이다. 이때 "잘 찾아왔네"는 독해 행위 자체를 승인하는 말처럼 들리고, "원래 목적지는 아니지만"은 그 독해가 애초의 '정답'과 다를 수 있음을 인정하

는 시적 환대의 표현으로 읽힌다. 마지막으로 "여기까지 읽었다면 각 번호에 빨간 색연필로 동그라미를 치세요. 정답입니다."라는 문장은 시험의 형식을 끝까지 수행하면서도, 정답의 기준을 근본적으로 전복한다. 무엇을 골랐는지가 아니라 "여기까지 읽었다"는 행위 자체가 정답으로 선언되기 때문이다.

이 시에서 "당신의 입장이 나의 입장"이라는 제목은 영어 표현 in someone's shoes, 곧 '상대의 신발을 신어 보는 것'이라는 역지사지의 관용구와 맞닿아 있다. Q1~Q5를 통과하는 동안 화자와 '너', 그리고 독자의 입장은 끊임없이 교차하고 바뀌며, 어느 한쪽의 입장이 영구적으로 특권화되지 않는다. 종국에 이 시가 보여주고자 하는 것은, 액체 현대의 조건 속에서 입장과 정답이 더 이상 고정된 실체가 아니라, 질문과 선택, 오역과 전도의 과정을 거치며 잠정적으로 합의되는 것이라는 인식이다. 그 점에서 이 작품은 질문지의 형식을 빌린 서정시이면서 동시에 독자의 입장 그 자체를 실험하는 하나의 개방된 언어 장치로 다가온다.

4. 속(俗)스러운 사회, 정동적 무감응

현대 시장경제의 작동 원리인 자본주의가 교육, 문화, 과

학, 기술과 결합하면서 빈부 격차는 더 이상 추상적 구조가 아니라 몸으로 감지되는 현실 감각으로 다가오고 있다. 자본주의가 인간의 삶과 관계, 욕망과 역사까지도 이미지로 전환함으로써 우리를 아파하고 애도하는 능동적 주체가 아니라 구경하는 관객으로 만든다는 점을 지적한 기 드보르는 이 지점을 예리하게 환기한다. 그는 '스펙터클'을 모든 시선과 의식을 집중시키는 영역, 악용된 시선이 머무는 곳이자 허위의식이 형성되는 장소로 규정하면서, 사회가 단지 이미지화되고 이미지들의 집합으로 자리하는 데 그치지 않고, 이미지들에 의해 매개된 사람들 사이의 관계 자체가 변형된다고 말한다(기 드보르, 유재홍 역, 『스펙타클의 사회』, 울력, 2014, 15쪽).

이적온의 시적 태도는 이미지화된 세계 속에서 공감의 실패가 어떻게 감상의 형식으로 소비되는지를 정면으로 응시하는 데 있다. 시인은 시와 삶의 융합을 통해 현실에 진정으로 접속하려 하며, 추상적 비판에 머무르지 않고 실천의 차원으로 몸을 던지는 태도를 견지한다. 그가 포착하는 디지털 플랫폼의 장면들, 이를테면 피드와 DM, 밈과 채팅창, 사적 모임과 피로의 네트워크뿐 아니라 예술이 볼거리이자 무장소·비장소의 소비 대상으로 전락하는 현실은 공감이 곧바로 '볼거리'이자 '감상거리'로 전환되는 동시대의 구체적인 얼굴을 드러낸다. 이러한 맥락에서 '정동적 무감응'이라는 표현은 단순한 감정적 공감이나 동정을 넘어, 사회적 관계망과 책임 의식까지를 포함하는 감정·정치적 태도를 가리킨다는 점에서 매우 적확하다.

이적온은 스펙터클 사회에서 자본주의의 모순이 더 이상 노골적인 착취나 노선의 언어로 드러나지 않고, '연대 및 공감할 수 없음'조차 매끄러운 이미지와 서사로 정제되어 소비되는 지점에 주목한다. 성(聖)스러워야 할 공감의 요구가 스크린과 피드 위에서 감상 가능한 장면, 곧 속(俗)스러운 볼거리로 전락하는 순간에 연대 및 공감 불감성이 발생한다는 것이다. 바로 이러한 균열의 지점에서 시인은 시적 언어를 통해 다시 관계와 윤리의 가능성을 더듬어보려 하며, 성과 속의 경계를 오가는 감각 속에서 스펙터클 사회를 재독해하고 한국적 현실에 정교하게 현지화하는 시인으로 자리매김한다.

이적온의 시는 '이해 가능성'과 '쉬움'을 하나의 취향 코드로 전유하려는 무사고(無思考) 식 동시대 예술 감각에 기꺼이 편승하지 않겠다는 조용한 거부의 형식으로 읽힌다. 단선적인 해석과 단일한 창작 방식을 오히려 '멍청함'의 표지로 되돌림으로써 "현대예술"이라는 이름으로 유통되는 획일적 형식과 감각의 규범을 비판적으로 전도하는 셈이다. 다양한 신호와 기의가 한 지점에서 겹쳐지고 충돌하는 그 난장의 장소야말로 시가 되어야 한다는 그의 태도는, 의미의 복수성과 긴장을 기꺼이 감수하려는 시적 윤리의 고백으로 이해할 수 있다. 또한 한 방향으로

"질주!"하라는 요구만이 유효한 세계 속에서 이 시가 끝내 포착하는 것은, 추돌의 현장에서 가장 먼저 지워지는 타자의 고통과 무엇을 위한 것인지 목적을 상실한 채 동작하는 "교통 통제"가 결국 윤리 대신 '멍청이 통제'로 전락해버린 현실이라는 점이다. 제목이 예고하듯 이적온의 시세계는 속(俗)스러운 사회 속에서 정동적 무감응이 어떻게 구조화되는지를 드러내는 동시에, 그 무감응을 가르는 미세한 균열로서 시의 윤리적 가능성을 모색하는 데 놓인다.

　　회칠한 사람들이 다리가 되는 법을 알아 비를 연기하는 무용수는
기쁘다
　　이해할 수 없는 것을 현대예술이라 부르는 게 유행이다 기수역에서 정신을 잃었다가 다리에 두 번 부딪혀 눈 뜨는 꿈이다 교각에서 교각으로 쏟아지는 빗방울이 굵다
　　회칠한 사람들은 적기를 들 줄 알지만 적기가 뜻이 여러 개인 이유를 아는 사람은 없다 적기에 적기인 적기를 아는 사람도 없다 적기가 이상하다는 걸 아는 사람은 있다 적기가 헤엄치지 않는다고 이럴 순 없다고

　　이제부터 위험하면 뻐끔거려
　　저기 위험 떼—가 쓸려 나가는데요

그건 잉어고 멍청아

　빗방울은 빛 말고 다른 신호를 모른다고 한다 그래서 적기의 의
미를 안다고 한다 적기는 *질주! 질주! 질주!* 다른 기의 의미도 안다
고장항복주의통과아니고전부 *질주!* 맡은 역할이 단순하고 어려워
서 기쁘다

　그러니까 교통 통제는 사실 멍청이 통제라는 거지
　처음부터 폭론이다 현대예술이 아니라 주장하는 사람이 현대예
술을 모른다고 주장하는 사람이 현대예술이라는 사람이 사회현상
이라는 사람이 현대예술 같다고 생각하는 사람이 이해 안 되는
사람
　뻐끔뻐끔
　이층 다리에 선 소년은 말하고 물속이 아니고 현대예술과 사회현
상으로 통제되지 않은 멍청이
　가 막 다리 된 사람들을 밟고 있다
　소년은 가리키고 머리를 내밀고 뻐끔뻐끔

　있죠, 가까이 가서 팔 벌리는 건 무슨 뜻인지 알아요?
　팬이에요.
　한번 안아보고 싶었어요.

　　이 작품은 잠수교에서 발생한 삼중 추돌의 현장을 전면에 내세우면서 '적기'와 '질주'만이 통용되는 교통 통제의 논리를 통해 현대예술이 처한 몰개성적 단일성과 감각의 획일화를 비판적으로 형상화한다. 적색 신호 체계가 멈춤과 주의, 항복과 통과의 복수 의미를 상실한 채 오로지 '질주'의 강요로 환원되는 순간, 통제의 언어는 다원성을 소거하고 하나의 속도와 하나의 방향만을 허용하는 폭력적 질서로 드러난다. 결국 이 시는 잠수교라는 구체적 현장을 배경으로, 교통사고를 '구경하는' "이층 다리의 소년"과 이를 '통제하는' "회칠한 사람들", 그리고 "다른 신호를 모"른 채 "적기의 의미를 안다고" 믿으며 오로지 "질주! 질주! 질주!"만을 수행하는 이들의 장면을 포개어, 현대예술과 스펙터클 사회의 감각을 비판적으로 해부한다. 교통사고, 군중, 통제 인력, 팬덤의 언어가 한자리에 뒤엉키는 '삼중 추돌'은 물리적 충돌을 넘어 의미와 시선 더 나아가 윤리의 층위에서 발생하는 복합적 충돌을 가리키는 기표로 기능한다. "2023.10.22. 4:24 pm 서울 잠수교"라는 시공간의 명시는 시를 하나의 현장 보고서처럼 제시하면서 잠수교를 물과 교각, 인파와 교통 통제가 겹쳐지는 경계의 장소로 강조한다. 육지/물, 상부/하부, 안전/위험, 통과/정지의 물리적, 상징적 경계가 교차하는 이곳에서 사고의 현장은 곧바로 군중이 둘러싼 하나의 장면으로 변하고 시는 그 장면이 감상의 대상으로 전환되는 과정을 끝까지 추적하고 있다.

우리는 화자의 시선을 따라 "회칠한 사람들이 다리가 되는 법을 알아 비를 연기하는 무용수"라는 장면을 목격하게 된다. 여기서 "회칠한 사람들"은 형광 조끼와 유니폼으로 자신을 표시한 안전요원이나 공무원 혹은 경찰을 환기하는 공적 인력의 통칭일 것이다. 이들은 빗속에서 자신의 몸을 다리로 내어주며 군중의 이동을 통제하지만 시 안에서는 "비를 연기하는 무용수"로 다시 불리면서 통제의 행위 자체가 하나의 연출된 퍼포먼스로 전환된다. 이어지는 "이해할 수 없는 것을 현대예술이라 부르는 게 유행이다"라는 문장은, 이러한 장면을 난해한 현대예술 작품처럼 손쉽게 소비하는 동시대의 감상 태도를 냉소적으로 비판한다. 이때 '적기'는 교통 통제의 빨간 깃발(赤旗)인 동시에, 적절한 때로서의 '적기(適期)', 적의 깃발인 '적기(敵旗)'까지 겹쳐지는 다의적 표지로 제시된다. "적기의 뜻이 여러 개인 이유를 아는 사람은 없다 적기에 적기인 적기를 아는 사람도 없다"라는 진술은, 위험 신호를 자신에게 유리한 통과 신호로만 읽는 집단적 판단 능력의 붕괴를 잘 드러낸다. 더 나아가 "적기가 이상하다는 걸 아는 사람은 있다 적기가 헤엄치지 않는다고 이럴 순 없다고"에서 적기는 명확한 지시의 기호가 아니라, 빗속 스펙터클 속에서 물고기와 혼동되는 구경거리의 일부로 전락한다. "적기는 질주! 질주! 질주!"라는 구절에 이르면 개별 주체의 사유와 판단은 이미 배제되고, 통제의 시스템은 단일한 명령으로 수렴된 신호의 회로 속에서 자동으로 작동하는 모습으로 제시된다.

시인은 위험을 알리기 위해 내는 목소리와 고통스러운 절규마저 뻐끔거리는 이미지로 치환되는 사회를 차갑고도 냉소적인 시선으로 응시한다. "이제부터 위험하면 뻐끔거려"라는 구절은 위험에 대한 모든 경고가 결국 한 장면의 이미지로 환원되고 마는 속(俗)된 사회의 부조리를 겨냥하면서, 동시에 언어가 이미 신뢰를 상실한 국면에 이르렀음을 응축해 보여준다. "저기 위험 떼―가 쓸려 나가는데요/그건 잉어고 멍청아"에서 위험을 알리는 집단적 징후는 곧바로 잉어 떼로 오독되고 상황의 심각성은 "멍청아"라는 폭력적 호명 속에서 희화화된다. 위험을 인지하고 언어화하는 능력이 유머와 오해 속에 가볍게 처리되는 이 장면에서, 재난 감각의 피폐와 감정의 둔화가 예리하게 묘사된다. "빗방울은 빛 말고 다른 신호를 모른다고 한다 그래서 적기의 의미를 안다고 한다"라는 표현은, 빛이라는 단일 매체에 종속된 감각이 복수의 신호를 하나의 코드로 환원하는 인식 구조와 겹쳐지는 장면을 압축해 보여준다. 이어지는 "적기는 질주! 질주! 질주! 다른 기의 의미도 안다 고장항복주의통과

아니고전부 질주!"에서는 고장·항복·주의·통과를 가리켜야 할 다양한 신호가 모두 질주로 수렴하며, 복수의 의미를 견디지 못하고 하나의 지시와 가속만을 강요하는 폭력적 단순화가 노출된다. "맡은 역할이 단순하고 어려워서 기쁘다"는 말은 이러한 단순화에 휩쓸리면서도 그것을 기쁨으로 오인하는 주체의 위태로운 상태를 반어적으로 형상화한다. "그러니까 교통 통제는 사실 멍청이 통제라는 거지"에 이르면, 시선은 차량과 인파에서 '멍청이'라 불리는 주체 쪽으로 이동하고, 통제의 실질적 대상이 사고(事故)가 아니라 사고(思考)의 결핍이라는 사실이 선명하게 드러난다.

"뻐끔뻐끔"이라는 의성어가 재등장하는 순간, 이미 과잉 상태에 이른 언어는 역설적으로 말해도 닿지 않고, 말할수록 소거되는 발화 불가능의 상태와 겹쳐 보인다. "이층 다리에 선 소년은 말하고 물속이 아니고 현대예술과 사회현상으로 통제되지 않은 멍청이가 막 다리 된 사람들을 밟고 있다"에서 소년은 잠수교라는 복층 구조의 상부, 곧 기호와 구조 위에 선 존재로 부상하며, 자신을 물속의 물고기가 아니라 "현대예술과 사회현상으로 통제되지 않은 멍청이"라고 규정함으로써 예술과 담론, 그리고 사회 분석의 언어로 해석, 통제되기를 거부하는 주체의 자리를 점한다. 동시에 "다리 된 사람들"을 밟고 있는 소년의 형상은 통제의 인프라와 노동의 몸 위를 건너면서도 그 위태로운 의존을 의식해야 하는 동시대 주체의 곤혹스러운 위치를 환기한다. 마지막에 제시된 "있죠, 가까이 가서 팔 벌리는 건 무슨 뜻인지 알아요?/팬이에요./한번 안아보고 싶었어요."라는 대사는, 지금까지 축적된 위험과 통제, 예술과 사회 담론의 긴장을 단번에 팬덤의 언어로 전환한다. 팔을 벌리는 행위가 구조 요청, 울부짖음, 항의, 저항의 몸짓일 수도 있음에도 이 시에서는 "팬이에요"라는 말로 봉합되며, 위험과 고통의 장면마저 '스타-팬' 관계로 소비되는 스펙터클의 회로 속에 편입된다. 여기서 "한번 안아보고 싶었어요"라는 욕망은 연대의 포옹이 아니라 소유와 인증에 가까운 접촉의 욕망으로 읽히고, 재난의 현장이 곧바로 감상과 소비의 장면으로 치환되는 동시대 감각이 차갑게 주목받는다.

결국 이 시가 겨냥하는 '현대예술'은 무엇보다 "이해할 수 있음" 자체를 하나의 상품으로 포장해 유통하는 스펙타클의 체제와 겹쳐진다. 물리적 교통사고를 가리키는 제목을 넘어, 한 장소에서 통제와 감상, 그리고 팬덤이 동시에 충돌하는 사태를 포착함으로써 현대예술과 사회현상이 서로를 해석하다가 끝내 "이해 안 되는 사람"이라는 잉여를 남기는 구조가 비판된다. 이때 시는 쉬운 이해와 단선적 해석을 자랑하는 예술의 입장에 서기보다 스스로를 "현대예술과 사회현상으로 통제되지 않은 멍청이"의 자리로 위치시키며, 통제되지 않는 미숙함과 어리

석음에서 다시 말을 시작하려는 하나의 윤리적 선택을 제시한
다. 그 선택 속에서 이 작품은 스펙타클의 한복판에서도 여전히
남아 있는 위험 인식, 관계의 욕망, 몸의 충동을 포착하면서, 통
제와 소비의 회로를 넘어서는 또 다른 감각의 가능성을 더듬는
시도로 자리매김한다.

5. 포에틱 패션(Poetic Fashion / Poetic Passion)

이적온의 시는 읽기 어렵다. 형식도 기존의 틀에서 과감히
벗어나 있어, 얼핏 보면 소통을 의도하지 않은 시처럼 보이기도
한다. 언어 역시 예외가 아니다. 장모음과 단모음의 차이만 있
을 뿐 거의 같은 발음으로 들리는 'Flash'와 'Flesh' 같은 살아 움
직이는 단어와 각종 외래어 사이에서, 시인은 "매일 똑같은 재
료로 이루어진"(「환승역을 점거한 파이 광신도와 오늘의 메뉴
」) 사회에서 이런 방식으로 시를 쓴다는 것에 대해 스스로 고민
한다고 고백한다. 이적온의 시세계는 형식과 내용 양쪽에서 분
명 난해하다. 시라는 장르 자체가 이미 '어려운' 것으로 여겨지
고 이른바 시가 죽었다고 말해지는 사회에서 그 난해함은 더욱
두드러진다. 그럼에도 그는 자신이 "잘못 쓰는 것 같다"고 자조
하면서도 바로 그런 방식으로 계속 쓰는 길을 선택한다. 이해를

쉽게 만드는 대신 다르게 쓰고, 어렵게 쓰고, 익숙한 감각의 틀을 비트는 행위 자체를 시인의 책임이자 윤리로 받아들이는 태도라고 할 수 있다.

잘못 쓰는 것 같다

잘못 쓰는 것 같아서 잘못 쓰는 것 같다고 쓴다 이마저도 잘못 쓰는 것 같다

'잘못 쓰는 것 같다'를 '잘못 썼다'라고 고쳐 본다 잘못 썼다는 확신조차 없는데 잘못 썼다고 한다 잘못 고친 것 같다

턱없이 적은 물건 사이에서 너무 많은 일이 일어난다

잘못 쓰는 것 같다고 말하는 대신 씨를 뱉어버렸다고 말해 본다 생각해 보니 씨는 없다 잘못 익은 것 같다 과육이 달지도 않다 잘못 기른 것 같다

그건 언젠가부터 자랐다

씨앗이 있기도 전에 자라기 시작했다

잘못된 것 같았지만 그냥 키웠다 전날 이름 모를 과실을 베어먹는 꿈을 꾸어서

아무도 길몽이라고 해석해 주지 않아 내가 아는 흉몽이 늘었다

배가 살살 아프다

한 계절 지나면 속이 뒤틀리고 우짖다가 헛구역질하며 깰 것 같
다 그래도 꿈속일 것 같다

잘못했습니다
제발 불태워 주세요

잎이 다 떨어진 과수밭에 아무도 불을 지르지 않는다 화전을 쳐
야 비옥한 땅이 되고 실한 열매가 맺힌대도 지금은 뿌리가 너무 아
프게 박혀있대도
그것은 잘못된 육아법이라고 한다
척박한 땅 위에 뱃속에서 먼저 자라기 시작한 것과 터지지 못한
내가 있다
속을 게울 것 같다

무슨 생각을 할까
필사적으로 기어 나와 서로를 꿰뚫는 뿌리와 하나도 삼키지 못하
는 아귀를 보면서

나는 발목에 불을 댕긴다 불붙은 뼛조각이 뿌리로 옮으면서 엉킨
다 탁탁 뿌리가 발목이 되어간다 과수가 한껏 웃으며 잘못 여문 과
일을 토한다 무른 살점이 철퍽철퍽 퍼지른다 입안에 이름을 알 것

같은 향취가 흥건하다

　농익은 무화과, 금귤, 8월의 수박, 짓이겨진 포도

　재, 에탄올, 삭은 아가미, 개 발바닥

　말마다 그런 냄새를 풍기는

　미래의 시

　입을 벌린다

　여기

　차고 메마른 땅과

　만지에 엎질러져 뜻대로 되지 않는 예감

　어금니에 박힌 혼돈을

　당신에게 보여주고 싶었던 것 같다

　전부 잘못되었네요

　내가 한껏 웃는다

—「환영사」 전문

　이 시편은 그저 한 편의 시라기보다, 시쓰기라는 행위가 어디까지 자신을 파고들 수 있는가를 끝까지 밀고 가 본 내적 기록으로 볼 수 있다. 화자의 첫 행 "잘못 쓰는 것 같다"는 표현은, 흔한 자기비하의 입버릇이 아니라, 언어를 다루는 자가 스스로를 향해 내리는 가장 가혹한 진단이다. 이어지는 "잘못 쓰는 것 같아서 잘못 쓰는 것 같다고 쓴다 이마저도 잘못 쓰는 것 같다"는 자폐적 반복어는, 하나의 문장도 온전히 자기 것으로 확신하지 못하는, 시인의 내면에 자리한 불신의 공명을 그대로 적어놓은 문장이다. 이때 "턱없이 적은 물건 사이에서 너무 많은 일이 일어난다"고 말하는 데 이는 몇 개 안 되는 단어들 사이에서 과도하게 증식하는 의미와 감정의 혼잡을 압축해서 잘 보여주는 셈이다. 이 시가 흥미로운 지점은, 이런 자기 의심이 곧장 '씨'와 '과실'의 은유로 번역된다는 데 있다. "잘못 쓰는 것 같다고 말하는 대신 씨를 뱉어버렸다고 말해 본다 생각해 보니 씨는 없다 잘못 익은 것 같다 과육이 달지도 않다 잘못 기른 것 같다"에서, 시쓰기는 씨앗을 뿌리고 가꾸는 착실한 노동이 아니라, 언제 어디서 들어왔는지도 모를 것들을 키워낸 끝에, 씨도 분간되지 않는 과실이 손에 남는 과정으로 제시된다. 씨가 확인되지 않은 채 "언젠가부터 자라"버린 것, "씨앗이 있기도 전에 자라기 시작"한 것, 잘못된 줄 알면서 "그냥 키웠"던 것. 이 일련의 표현들 속에는, 자신의 시가 어떤 전통이나 확실한 이념의 씨앗에 기대지 못한 채, 이미 자라버린 무언가를 뒤늦게 받아들여야 하는 세대의 곤혹이 겹쳐 있다. 그 곤혹은 곧장 몸으로 내려

온다. "배가 살살 아프다/한 계절 지나면 속이 뒤틀리고 우짖다가 헛구역질하며 깰 것 같다"는 화자의 고백에서, 시쓰기는 더이상 머리의 추상적 사유가 아니라 계절을 통과해 배를 비틀고 헛구역질을 몰고 오는 몸(내장)의 사건이다. 그래서일까. 화자의 "잘못했습니다/제발 불태워 주세요"라는 돌연한 참회의 어조는, 하나의 작품이 아니라, 자신이 키워온 시적 세계 전체를 화전처럼 태워버리고 싶은 충동으로 들린다. 하지만 "잎이 다 떨어진 과수밭에 아무도 불을 지르지 않는다"는 말에서, 그 소각의 욕망은 단번에 좌절된다. "화전을 쳐야 비옥한 땅이 되고 실한 열매가 맺힌대도 지금은 뿌리가 너무 아프게 박혀있대도/그것은 잘못된 육아법이라고 한다"는 구절은, 과수와 아이, 작품과 자식이 서로를 비추는 은유의 교차점이다. 잘못 자란 것들을 불태워야 한다는 직설적 욕망과 그렇게 하는 것은 '잘못된 육아법'이라는 윤리적 제어 사이, 그 어딘가에서 시인은 발을 떼지 못하고 서 있다.

이어 "척박한 땅 위에 뱃속에서 먼저 자라기 시작한 것과 터지지 못한 내가 있다/속을 게울 것 같다"는 말은, 이미 저마다의 형태를 갖추어버린 시편들 곁에서, 아직 제대로 태어나지 못한 '나'가 함께 웅크리고 있음을 고백한다. 필사적으로 기어 나와 "서로를 꿰뚫는 뿌리"와 "하나도 삼키지 못하는 아귀"를 동시에 바라보는 시선은, 성장과 소화, 생성과 자기화 사이의 모순적 거리를 의식한다. "나는 발목에 불을 댕긴다 불붙은 뼛조 각이 뿌리로 옮으면서 엉킨다 탁탁 뿌리가 발목이 되어간다"는 지점에서, 인간과 뿌리를 내리는 존재 나무는 서로의 형질을 교환한다. 자신의 발목에 붙은 불이 뿌리로 옮아 가닥가닥 엉키는 장면은, 시인이 자신의 몸을 기꺼이 과수원의 일부로 편입시키는 과감한 자기 동일시의 비유이다. 그 결과 과수는 "한껏 웃으며 잘못 여문 과일을 토"하게 된다. 익은 열매를 가지 끝에 매달아 세상에 내보이는 대신, 웃음을 터뜨리며 그 과일을 토해내는 나무. "무른 살점이 철퍽철퍽 퍼지른다 입안에 이름을 알 것 같은 향취가 흥건하다/농익은 무화과, 금귤, 8월의 수박, 짓이겨진 포도/재, 에탄올, 삭은 아가미, 개 발바닥"은 여름 과실의 달콤함과 재와 술, 썩은 생선과 개 발바닥의 비린내가 한데 뒤엉킨 냄새의 목록이다. 중요한 것은 이 모든 것이 "말마다 그런 냄새를 풍기/미래의 시"로 이어진다는 점이다. 이때 '미래의 시'는, 정제된 의미의 구조물이 아니라, 농익음과 부패, 살과 재, 과실과 사체의 냄새를 동시에 풍기는 언어의 덩어리다. 이 난해하고 비전형적인 쓰기들이야말로, 훗날 누군가에게 다가갈 "미래의 시"의 씨앗이라는 역설이 여기서 비로소 모습을 드러낸다. 마지막 연에서 "입을 벌린다"는 행위는, 말하기와 토해내기, 삼키기를 동시에 예비하는 행위이다. 이어 "여기/차고 메마른 땅과/만지에 엎질러져 뜻대로 되지 않는 예감/어금니에 박힌 혼돈을//

당신에게 보여주고 싶었던 것 같다"는 고백에서, 화자는 차고 메마른 땅과 같은 현실 조건, 뜻대로 되지 않을 것 같은 예감, "어금니에 박힌 혼돈"과도 같은 내면을 가리는 장막 없이 "당신"에게 내보이고자 했음을 털어놓는다. 이때 보여주고자 했던 것은 아무런 흠집도 없는 재배의 성공담이 아니라, 씨도 없이 자라 잘못 여문 과실들, 불태우지도 삼키지도 못한 채 배 속과 입안에 걸려 있는 혼돈의 덩어리이다. 그래서 마지막 문장 "전부 잘못되었네요/내가 한껏 웃는다"는 말은, 자기 시와 자기 방식, 자기 성장의 방식을 향한 사형선고이자, 그 전부를 끌어안고 웃는 자만이 끝까지 써볼 수 있다는 어떤 냉랭한 결의로 읽힌다.

그런 의미에서 「환영사」는 잘 다듬어진 시론 대신 잘못 자라난 것들과 함께 사는 법을 택한 한 시인의 어두운 '환영사'다. 여기서 환영은 축하의 인사가 아니라 "전부 잘못된" 언어와 뿌리와 과실의 세계로 당신을 초대하는 말이다. 그리고 이 세계를 받아들이기로 한 독자는, 이미 그 잘못됨의 일부가 되어버린 셈이다. 「환영사」가 "전부 잘못되었네요…내가 한껏 웃는다"라는 문장까지 나아가며 잘못과 기형, 뒤틀림의 세계를 끝내 자기 몫으로 감수하는 '나'의 선언이었다면, 「from: since: until:」은 이제 그 고립된 일인칭을 넘어서 너의 동참을 조용히, 그러나 분명하게 호출하는 시가 된다.

너라면 쓸 수 있을 것 같아

너라면

지금만큼 싸늘하지 않다면

내가 쓰고 싶은 걸

너라면

쓸 수 있을 것 같아 써 줬으면 해 쓰고

내게 보여주지 않아도 되니까

기억하려고 애쓸 필요 없으니까 그냥

적적하다

여기는 항상

네가 생각했던 것보다 더

그렇지만 견딜 수 있을 만큼

애석하게도

내게 딱 맞다

나는

네가 아는 여느 어른들처럼

재미없는 사람이

되어버렸지만

너는 아닐 거라고

장담 못 하지만

넌 아직이니까

내가 미래의

아직인 것처럼

그러니 써줘

나도 쓸게

지금 쓸 수 있는 것

묵묵히 연명하다가

미안해

후회는 아니고

바람이야

— 「from: since: until:」 전문

이 작품은 「환영사」에서 끝까지 밀어붙였던 '나'의 잘못과 고립을 비로소 '너'의 자리로 열어 보인다. 화자는 자기 고백을 넘어 아직 오지 않은 타자의 쓰기를 전제로 삼는 방식으로, 시의 발화 구조를 일인칭 독백에서 관계적 초대 형식으로 전환한다. 화자는 "너라면/지금만큼 싸늘하지 않다면/내가 쓰고 싶은 걸/너라면/쓸 수 있을 것 같아"라고 말한다. "너라면"의 반복은, 시인이 쓰고 싶지만 쓰지 못하는 것, 혹은 이미 자신에게 너무 익숙해져 버린 것을 대신 써줄 '타자의 가능성'을 호출하는 간절함이다. 이어 "써 줬으면 해 쓰고/내게 보여주지 않아도 되니까/기억하려고 애쓸 필요 없으니까 그냥"이라는 대목에서, 화자는 결과물의 소유와 평가가 아니라, 각자의 자리에서 '무언가를 쓰고 있다'는 행위 자체를 더 중요하게 여긴다. 쓰인 시를 자신에게 제출할 필요도, 오래 기억할 의무도 없다고 말함으로써, 그는 글쓰기를 성과의 문제가 아니라 존재의 양식으로 다시 정의한다. 결국 이 시편은, "전부 잘못되었네요 / 내가 한껏 웃는다"라고 말하던 「환영사」의 화자가, 그 잘못된 세계를 혼자 떠안는 데 그치지 않고, "너라면 … 쓸 수 있을 것 같아"라고 말하며 '너'의 쓰기와 '너'의 세계를 불러들인다. 여기서 환영사는 더 이상 한 사람의 자기 고백이 아니라, 서로의 "아직"을 전제로 삼는 관계적 청원으로 확장된다. 시라는 장르가, 한 명의 시인이 홀로 잘 써 내려가는 독백이 아니라, "써줘/나도 쓸게/지금 쓸 수 있는 것"이라는 말처럼, 서로의 자리를 향해 조심스레 건네는 동시대적 연대의 요청이라는 점에서 이 시는 전작(前作)과 긴밀하게 호응하면서도 한 걸음 더 나아간 자리에 서 있다.

6. 대문자 'I'를 재구성하는 윤리하는 아이들('i')

이적온의 시는 새로운 서정의 국면을 전제하면서도 그 위를 미끄러지듯 넘어서는 지점에서 독자적 관점을 확립한다. 그는 언어의 게임성과 감각의 파열, 자아의 분산과 해체를 삶의 조건으로 수용하며, 와해된 주체의 자리에 타자의 귀환을 배치했던 선행 세대의 미학적 실험을 공유한다. 그러나 그의 시가 의미심장한 지점을 확보하는 것은, 그 성과를 다시 사회(社會)를 떠받치는 사적 관계망, 곧 사회(私會)의 구체적 장면들 속으로 되돌려 보내는 데 있다. 그의 시적 장면은 디지털 플랫폼 위의 사적인 만남과 이별, 채팅창(「음—」)과 피드, DM과 알림, 밈(「우리 어른 정상영업 합니다」)과 각주(「脫」, 「선물」, 「Outro」)가 혼융된 언어의 바벨을 배경으로 한다. 이러한 풍경은 오늘의 시가 포착해야 할 관계의 감각을 새롭게 제시한다. 이적온은 액체화된 현대의 윤리, 유동하는 연대 감각, 감상의 상품화된 조건이 어떻게 이미지로 치환되는지를 탐지하면서, 그 속에서 연대의 언어가 어떻게 소멸하고 다시 생성되는지를 예민하게 추적한다. 그는 고정된 이름이나 정체성으로 환원되기를 거부하는 소문자 '아이들(i)'의 흐름을 따라가되, 연대와 윤리에 대한 요청 그 자체를 다시 한번 비트는 쪽을 택한다. 그렇다고 이적온이 주체의 해체나 불온한 현실, 냉각된 공감의 부정적 양상만을 응시하는 것은 아니다. "모든 시세계의 근원은 거창한 상상력도, 감수성도 아닌 '이곳'이다"(「1부 빛과일」)라는 진술에서 드러나듯, 그는 기성 문법을 축으로 삼아 '이곳'이라는 현실적 좌표에서 다시 연대의 가능성을 사유한다. 그에게 '이곳'은 흩어짐

속에서 다시 모이는 분산형 집회의 공간이며 시를 통해 사람과
사람을 엮어내는 새로운 서정의 자리이기도 하다.

새벽 휴게소에는
길을 잘못 든 사람이 무성하다

돌아, 가는, 길은, 없고
도는, 길만, 있다
자꾸 한쪽으로 쏠리는 몸이 증거라고 한다

걱정 마 우린 오늘 가족이 될 거니까
서로 닮아가는 모습을 보면
틀림없이 좋아하게 될 거야

카페테리아 안 빼곡한 어깨가
고개를 기댄 만큼 닳는다

어디 가야 해?
오른쪽 사람이 내게 묻는다
왼쪽 사람이 아니, 하고 대답한다

반 남은 오렌지가 돈다

오른쪽으로 기울어 돈다

우리가 마신

나머지 반쪽이 갈리던 속도로

누군가가 헤드라이트를 바꾸자고 한다

우린 가족이잖아 지금도

너도나도 오렌지 하나를 잘라

자동차 눈에 끼워 넣는다

정차된 빛은 시큼하고 떫고

과수 없이 향긋하고 생그럽고 자라날 것 같고

나보다 먼저 도착한 안부 연락이 될 것 같고

오렌지 다섯 박스가 사라졌다

이곳의 자동차는 모두 오렌지 한 알만큼 밝다

믹서기 앞 반쪽은 아직 과일이다

우리가 가족이 된 증거라고 한다

어떤 오렌지는 계속 돈다

기운 채

*

돌아가는 대신

돌아오는 길에

눈을 마주친다

걱정 마 너는 오늘 우리 가족이 될 거니까

—「Fle(a)sh」(2023.06.27. 2:46 pm, 휴게소) 전문

이 작품은 "새벽 휴게소"라는 일상적이면서도, 마르크 오제가 '비장소(non-place)'라 명명했던 유형의 공간을 분산형 집회의 가능성이 열리는 장소로 재전유한다. 오제에게 비장소란 공항이나 고속도로 또는 휴게소처럼 관계성, 역사성, 정체성이 빈약한 '통과'의 공간이지만, 이적온은 바로 그 비장소에 길을 잘못 든 이들을 불러 모아 그들을 '정답'의 경로에서 밀려나 빙빙 도는 궤도 위에 선 존재들로 그려내면서도 그 비정향성과 표류의 상태를 새로운 정동의 공유와 연대의 출발점으로 재해석한다. "새벽 휴게소에는/길을 잘못 든 사람이 무성하다"와 "돌

아, 가는, 길은, 없고/도는, 길만, 있다"라는 구절에서 보이듯, 휴
게소는 단순한 통과 지점이 아니라 방향 감각이 느슨해진 삶들
이 모여드는 중간 지대로 설정되고, "자꾸 한쪽으로 쏠리는 몸
이 증거"라는 진술은 주체를 심리학적으로 설명하기보다 기울
어진 몸의 감각을 통해 피로와 방향 상실의 징후를 압축적으로
보여준다.

　　이 시에서 두드러지는 것은 '가족'이라는 단어의 비틀린 사
용이다. "걱정 마 우린 오늘 가족이 될 거니까"라는 문장은 한
국 사회에서 오랫동안 이데올로기적 장치로 기능해온 가족의
언어를 빌려오면서도 "오늘"이라는 시간적 한정을 통해 그 지
속성을 의도적으로 지워 하루짜리 약속, 잠정적 합의의 차원으
로 축소한다. 이때 가족은 혈연과 제도로 보증된 폐쇄적 단위가
아니라, 길을 잘못 든 사람들이 잠시 서로를 닮아가고 좋아하
게 될 것 같은 감정을 가리키는 임시 호명에 가깝고, "우린 가족
이잖아 지금도"라는 말 역시 관계가 충분히 축적되지 않은 상
태에서 "지금도"라는 현재형으로 서로를 호출함으로써 제도에
앞서는 정동의 시간성을 부각한다. 이러한 느슨한 가족 호출은
영속성과 의무를 전제하기 어려운 액체 현대의 조건 속에서 가
능한 최소한의 연대 형식을, 다소 아이러니하면서도 낮은 톤의
다정함으로 구현한다는 점에서 오늘의 세대 감각과 맞닿아 있
다. 오렌지와 자동차 헤드라이트, 그리고 빛으로 이어지는 이미

지의 연쇄는 이러한 잠정적 가족이 공유하는 정동의 물질적 형식을 섬세하게 드러낸다. "반 남은 오렌지가 돈다/오른쪽으로 기울어 돈다/우리가 마신/나머지 반쪽이 갈리던 속도로"에서 오렌지는 단순한 과일이 아니라 함께 마신 시간, 곧 갈려 나간 정동의 잔여이며, 기울어진 회전의 운동은 앞서 제시된 "자꾸 한쪽으로 쏠리는 몸"과 공명한다. 이어 "너도나도 오렌지 하나를 잘라/자동차 눈에 끼워 넣는다"는 상상 속에서 과일은 자동차의 눈, 즉 헤드라이트의 빛으로 전환되고, "정차된 빛은 시큼하고 떫고/과수 없이 향긋하고 생그럽고 자라날 것 같고/나보다 먼저 도착한 안부 연락이 될 것 같고"라는 진술에서는 과일-빛-안부 연락으로 이어지는 연쇄를 통해, 아직 다 익지 않은 감정의 온도가 보류된 안부의 형식으로 현현되는 과정을 보여준다. 이 빛은 앞길을 냉정하게 계측하는 도구적 조명이 아니라, 정차된 상태에서 시큼하고 떫은맛을 머금고 있는, 미완의 연대와 돌봄의 징후에 가까워진다.

언어적 차원에서도 이 시는 의미를 전면적으로 해체하기보다 일상적 표현을 한 칸 비켜나 쓰는 방식으로 의미의 결을 바꾸는 절제된 실험을 수행한다. "돌아, 가는, 길은, 없고/도는, 길만, 있다"에서 쉼표의 삽입은 발화를 연속적으로 끊어 '돌아가다'와 '돌다' 사이의 간극을 리듬을 통해 체감하게 만들고, "어디 가야 해?/오른쪽 사람이 내게 묻는다/왼쪽 사람이 아니, 하고 대답한다”는 대목에서 화자의 질문에 좌우의 타자가 대신 응답하는 구도는 방향을 잃은 이들이 서로의 방향을 대리 발화하는 장면을 형성한다. 이러한 어긋남은 비극적 결론으로 귀결되기보다, 서로의 말을 잠시 빌려 쓰고 기대어 서는 관계의 최소 단위를 보여주면서, ‘정답’을 독점하는 단일한 목소리가 아니라 서로의 보조적 목소리들이 겹쳐질 때 성립하는 연대의 가능성을 시사한다. 나아가 별표 이후의 짧은 전환부에서 “돌아가는 대신/돌아오는 길에/눈을 마주친다”에서는, 이 시의 윤리적 지평을 조용히 수정한다. ‘돌아가는’ 길이 각자의 원래 자리로의 복귀, 이미 사회가 정해 둔 방향으로의 귀환을 뜻한다면, ‘돌아오는’ 길은 이 새벽 휴게소라는 중간 지대로 다시 도착하는 반복의 가능성을 가리키며, “눈을 마주친다”는 행위는 과장된 서약이 아닌, 한 번 길을 잘못 들어 만났던 이들이 언젠가 다시 이곳으로 돌아와 기울어진 시선을 알아보는 타자의 눈과 재회할 수 있으리라는 미약하지만 지워지지 않는 예감의 표현이 된다. 마지막에 변주되어 나타나는 “걱정 마 너는 오늘 우리 가족이 될 거니까”라는 고백은, 초반의 선언에서 2인칭 “너”를 명시함으로써 시 속 인물뿐 아니라 독자까지 그 하루짜리 가족의 범주에 포섭하며, 이 잠정적 연대를 텍스트 바깥으로까지 확장하고 있다.

「Fla(e)sh」를 비롯한 다른 작품들에서 이미 드러나듯, 이적온의 시적 에너지는 전통적 공간과 관습적 언어를 전면 부정하기보다, 그 위에 미세한 균열을 내고 창조적 비틀기를 가해 새로운 정동의 장을 여는 데서 발생한다. 마르크 오제가 초근대적 비장소로 규정한 고속도로, 휴게소의 유형을 선택하면서도, 그는 그 공간의 익명성과 통과성을 그대로 수용하지 않고, 길을 잘못 든 이들의 분산형 집회와 우발적 연대가 이루어지는 현장으로 재의미화한다는 점에서 비장소를 다시 장소화하는 역방향의 상상력을 보여준다. 그런 의미에서 「Fle(a)sh」는 비장소의 인류학을 연대의 시학으로 전환하는 텍스트이며, 창조적 파괴를 넘어선 창조적 재배치를 통해 동시대 서정의 한 가능성을 선명하게 제시한다.

객관의 시간을 충만한 주관의 시간으로 바꾸는 일은, 휘발되기 쉽고 경시되기 쉬운 작은 경험들을 기꺼이 수용하려는 태도에서 비롯된다. 이 세계를 영원히 추방해야 할 장소로 규정하거나 세계 전체를 부정해 존재의 근간을 뒤흔드는 대신, 바로 이 세계 안에서 틈새를 비집고 막무가내식 공격을 비켜나가며, 동일성만을 옳다고 여기는 태도로부터 스스로를 끊임없이 떼어내려는 노력이 필요하다. 이적온은 자신의 시적 행보가 잘못된 길일지도 모른다는 두려움과 고독을 감수하면서도, 끊임없이 탈피와 탈락, 추돌과 뻐끔거림의 이미지를 통해 동시대의 감각을 새롭게 조율하는 쪽을 선택한다. 그의 시는 난해함 그 자체를 미덕으로 삼지 않으면서도, 이해 가능성과 쉬움이 하나의 취향 코드로 소비되는 시대의 예술 감각에 조용히 역행한다. 교통사고와 휴게소, 전시와 디지털 플랫폼, 일기체와 대화체(SNS 등) 같은 21세기 일상의 구체적 현장을 끌어들이고, 러시아 미래주의가 그랬듯 회화와 음악을 포함한 예술 전반을 하나의 '전선'으로 삼아 그 속에서 벌어지는 무사고(無思考)와 무감응 그리고 우발적 연대의 순간들을 세밀하게 포착하는 작업을 통해 이적온은 오늘의 서정이 도달해야 할 새로운 문턱을 모색한다. 그 문턱에서 시인은 말이 길어지고 숨이 가빠지는 순간에도 끝내 "빠끔거리"는 쪽을 택함으로써, 여전히 타자에게 말을 걸고자 하는 인간적인 고집과 감각적인 언어의 가능성을, 첫 시집이라는 한 권의 몸으로 증언하고 있다. 이는 잘못된 길을 고수하는 한 존재가 "죽음을 사는[生] 방식으로 시가 존재"(유성호, 「우리 시대의 '시적인 것'과 윤리성」, 『오늘의 문예비평』 60호, 오늘의문예비평, 2006.3, 21쪽) 한다는 주장에 오늘의 언어로 화답하는 한 사례로 읽힐 것이다.

현대인에게 자연은 기계들 속에 잠든 이미지의 "칸(컷)"(「이름은 비워둘 수 없습니다」)이자, 기억과 영화 속 화면처럼 조성되고 조정된 풍경으로 다가온다. 그런 세계를 살아가는 존재들에게 자연과의 동일시만을 옳다고 주장할 수는 없을 것이다.

소문자 아이들('i')에게 자연은 더 이상 전통적 서정이 기대했던 고유한 제재가 아니라, 언제든 호출되고 공유되는 공통의 이미지이기도 하다. 그렇기에 우리는 "큰 가위와 작은 가위"의 사명(「ESG」)을 떠올리며, 무엇을 자르고 무엇을 남길지 스스로에게 묻는 편이 옳다. 이 시대의 시는 "이종 간의 콜라주"(「Fla(e)sh」)이기에 "엮어봐도 알 수 없는 모양"(「꿰맴: 시침질」)을 하기도 하고, "나는 당신의 문법을 몰라 삽시간에 멀어"(「칼레이도스코프」)지기도 하지만, 그럼에도 "우리는 동류"(「ESG」)라 믿기에 끝내 당신에게 안부를 묻는다. "잘 지내나요/내 영혼이 비롯한 땅/사라져가는 계절//저는/고래처럼 살아가는 법을/배우는 중입니다"(「나의 영혼은 노스탤지어를 표류하고」)라는 인사는, 그 안부의 한 형태이자, 이미 너무 오래 소비된 세계 속에서도 다시 한번 서로의 존재를 확인하려는 느린 손짓이다. 진지한 고민이 없다, 무슨 말인지 모르겠다, 불통의 글쓰기다, 시가 쓸데없이 길다, 잔뜩 멋부린다, 초현실적 글쓰기, 몽타주를 빌어 막 쓴다, 음악을 잃었다는 등의 혹평은 어쩌면 이러한 시를 끝까지 따라가려는 진지한 비평의 시간이 아직 충분히 축적되지 않았기 때문일지도 모른다. 속도의 사회에서 "미친 듯이 발광하는 새벽빛을 외면하고 잠들 수 있을까/단잠일까"(「0」)라고 자문하는 화자의 목소리는, 오히려 현실을 외면하지 않겠다는 문학의 오래된 기능을 새로운 방식으로 떠맡으려는 '아이(i)'의 고뇌에 가깝다. 이적온의 시는 그 고뇌를 통해, 이미 견고하게 소비된 세계 속에서도 다시 안부를 묻고, 말의 자리를 내어주며, 하이브리드 상상력으로 충만한 독자적인 미학적 '시도(詩圖)'를 그리며 오늘의 감수성이 도달할 수 있는 또 하나의 문턱을 조심스럽게 두드리고 있다.